Sermões do Padre Antônio Vieira

Seleção, introdução e notas de
Homero Vizeu Araújo

www.lpm.com.br

Coleção **L&PM** POCKET, vol. 485

Texto de acordo com a nova ortografia.

Primeira edição na Coleção **L&PM** POCKET: janeiro de 2006
Esta reimpressão: junho de 2022

Capa: Marco Cena
Seleção, introdução e notas: Homero Vizeu Araújo
Revisão: Renato Deitos e Jó Saldanha

CIP-Brasil. Catalogação na Fonte
Sindicato Nacional dos Editores de Livros, RJ.

V713s   Vieira, Antônio, 1608-1697
            Sermões do Padre Antônio Vieira / seleção, introdução
        e notas Homero Vizeu Araújo. – Porto Alegre, RS: L&PM, 2022
        144p. (Coleção L&PM POCKET; v. 485)

        ISBN 978-85-254-1459-5

        1. Vieira, Antônio, 1608-1697 - Sermões. 2. Sermões
em português. I. Araújo, Homero Vizeu. II. Título. III. Série.

06-0093.   CDD 869.5
                         CDU 821.134.3-5

© da introdução e notas, L&PM Editores, 2006

Todos os direitos desta edição reservados a L&PM Editores
Rua Comendador Coruja, 314, loja 9 – Floresta – 90.220-180
Porto Alegre – RS – Brasil / Fone: 51.3225.5777

PEDIDOS & DEPTO. COMERCIAL: vendas@lpm.com.br
FALE CONOSCO: info@lpm.com.br
www.lpm.com.br

Impresso no Brasil
Inverno de 2022

Sumário

Introdução – *Homero Vizeu Araújo* / 7

Sermão da sexagésima / 17
Sermão pelo bom sucesso das armas de Portugal
  contra as de Holanda (1640) / 61

Sermão do Bom Ladrão / 97

INTRODUÇÃO

*Homero Vizeu Araújo**

O PADRE DA RETÓRICA DE FOGO

Na cidade de Salvador, na Bahia, a 10 ou 12 de maio de 1640, a voz do padre Antônio Vieira reboava na igreja de Nossa Senhora da Ajuda fazendo forte pressão contra Deus para que enxotasse os protestantes da Holanda para fora do Brasil. Era a segunda arremetida holandesa contra Salvador, cidade que fora ocupada anos antes, rechaçara os invasores e naquele momento encontrava-se sitiada novamente. Para combater as tropas enviadas por Maurício de Nassau, Vieira trata de provocar Deus e de incentivar seus compatriotas portugueses, chegando a criar um quadro particularmente perturbador, isto é, *fingindo* uma cena aterradora em pleno sermão:

Finjamos, pois (o que até fingido e imaginado faz horror), finjamos que vem a Bahia e o resto do Brasil a mãos dos holandeses; que é o que há de suceder em tal caso? Entrarão por esta cidade com fúria de vencedores e de hereges; não perdoarão a estado, a sexo nem a idade; com os fios dos mesmos alfanjes medirão a todos; chorarão as mulheres, vendo que se não guarda decoro

---

* Homero Vizeu Araújo é professor de Literatura Brasileira da UFRGS. É autor do livro *O poema no sistema* (UFRGS, 1999), sobre a poesia de João Cabral de Melo Neto, e responsável pela fixação de texto, posfácio e notas de *Dom Casmurro* (L&PM POCKET, 2008).

à sua modéstia; chorarão os velhos, vendo que se não guarda respeito a suas cãs; chorarão os nobres, vendo que se não guarda cortesia à sua qualidade; chorarão os religiosos e veneráveis sacerdotes, vendo que até as coroas sagradas os não defendem; chorarão finalmente todos, e entre todos mais lastimosamente os inocentes, porque nem a esses perdoará (como em outras ocasiões não perdoou) a desumanidade herética. Sei eu, Senhor, que só por amor dos inocentes, dissestes vós alguma hora, que não era bem castigar a Nínive. Mas não sei que tempos, nem que desgraça é esta nossa, que até a mesma inocência vos não abranda. Pois também a vós, Senhor, vos há de alcançar parte do castigo (que é o que mais sente a piedade cristã), também a vós há de chegar.

A retórica poderosa de Vieira não tem peias e trata de pintar o quadro de horrores: violência contra velhos e crianças indefesas, estupros de mulheres e agressões contra religiosos. Mas não para aí. No final do trecho ameaça a própria figura do Deus trinitário, que reúne o Pai, o Filho e o Espírito Santo. Mediante sua furiosa dialética, Vieira clama pela expulsão dos hereges protestantes da Bahia, o que não impedirá que, oito anos mais tarde, Vieira, na condição de embaixador junto à Holanda, venha a oferecer Pernambuco aos holandeses a fim de que a guerra entre Portugal e Holanda se encerre mais rapidamente. Trata-se do documento conhecido como *Papel forte*, que garantiu a Vieira a fama de traidor da causa pernambucana. Contradição? Sabedoria estratégica? O fato é que Vieira resumia em si os dilemas e pretensões de seu século na condição de legítima síntese do caráter mercantil-salvacionista dos reinos ibéricos. Se pregava a unidade e verdade da fé católica capaz de redimir o mundo, também defendia os mercadores e financistas judeus, cujas riquezas poderiam auxiliar Portugal a enfrentar a crise social e econômica de que padecia.

Vida

Antônio Vieira nasceu em Lisboa em 1608 e veio para a Bahia com sua família ainda menino. Vieira juntou-se aos jesuítas adolescente e logo se destacaria pelo brilho intelectual. Em 1626, aos dezoito anos, é o encarregado de redigir em latim a "Carta ânua ao geral dos jesuítas" endereçada a Roma; no mesmo ano transfere-se para Olinda para ser professor de Retórica no Colégio dos jesuítas.

Em 1640, encerra-se a União Ibérica, ou seja, Portugal volta a ter autonomia em relação à Espanha, e no ano seguinte Vieira parte para Lisboa na comitiva do filho do vice-rei do Brasil para jurar fidelidade ao novo rei português, D. João IV. Em breve terá início sua bem-sucedida carreira de pregador e de conselheiro do rei. Na condição de diplomata e negociador, percorre boa parte da Europa tentando promover os interesses portugueses, inclusive negociando com os inimigos holandeses contra os quais ele já tanto pregara. A experiência administrativa na colônia, associada à atuação cosmopolita europeia, em breve tornaria Vieira a inteligência política mais destacada de Portugal. O que lhe garantirá admiradores e inimigos implacáveis: as primeiras denúncias contra o padre junto ao Santo Ofício, que é o órgão responsável pela Inquisição, datam de 1649.

Depois de negociar com príncipes europeus, Vieira retorna aos índios do Brasil. Em 1652, está no Maranhão, pregando contra e combatendo a escravização indígena, de onde será expulso pelos colonos brasileiros furiosos. Vieira, em 1662, é embarcado à força para Portugal, onde o espera o Santo Ofício com processo inquisitorial em andamento. Daí em diante transcorrerá a longa batalha contra as autoridades eclesiásticas, em boa medida porque o rei D. João IV, que protegia Vieira, já morrera, e seus sucessores não estão empenhados em garantir a liberdade do padre.

Depois de interrogatórios e prisões, finalmente Vieira, em 1669, consegue partir para Roma a fim de buscar a revisão da sentença que lhe foi dada. Em 1672, ao que parece, já prega sermões em italiano e recebe o convite para tornar-se Pregador do Papa. Depois que deixam Vieira falar, que objetivos ele não alcançaria? Em 1675, o padre obtém uma decisão do papa que o absolve das penas passadas, além de isentá-lo dos tribunais inquisitoriais portugueses: ele agora está livre dos inimigos portugueses que tramavam contra ele dentro da Igreja. Mas Vieira não voltará a exercer a influência política que teve nos anos 40, embora volte a ocupar altos cargos na administração metropolitana.

Em 1681, aos 73 anos, Vieira retorna para a Bahia, e não mais retornará a Portugal. Nem por isso abandona as polêmicas e os altos cargos: em 1691, com mais de oitenta anos, Vieira ocupa o importante cargo de Visitador, e é dele um parecer arrasador pregando a destruição do Quilombo de Palmares. No seu parecer Vieira contesta os argumentos de um outro padre, que alegara a possibilidade de um arreglo e da concessão da liberdade a parte dos palmarinos. Na sua feroz e fria dialética, Vieira nota: "Porém, esta mesma liberdade assim considerada seria a total destruição do Brasil, porque, conhecendo os demais negros que por este meio tinham conseguido o ficar livres, cada cidade, cada vila, cada lugar, cada engenho, seriam logo outros Palmares, fugindo e passando aos matos com todo o seu cabedal, que não é outro mais que o próprio corpo". Vieira continuava sendo o enunciador da dinâmica escravista colonial.

E o supremo defensor da liberdade dos índios, que só deveriam se vincular aos jesuítas. Em 1694, aos 85 anos, o velho e doente padre trata de combater o sistema de "repartimentos" de índios tal como pretendido pelos bandeirantes de São Paulo, sistema que já era aceito pela maior parte de seus companheiros jesuítas. Para Vieira, era evidente que qualquer procedimento que subordinasse indígenas aos povoadores de São Paulo significava escravização em larga escala. Ele escreveu em carta a destinatário ilustre: "Não me temo de Castela, temo-me desta canalha". A canalha referida eram os escravizadores paulistas.

A 18 de julho de 1697, o padre morre no Colégio dos Jesuítas da Bahia.

Não sem antes haver reunido e organizado a maioria de seus célebres sermões, tarefa a que já se dedicava desde 1679. Sermões que haviam sido pregados na Bahia, no Maranhão, em Lisboa, em Roma e ainda outras paragens. O jesuíta, contudo, valorizava ainda mais seus escritos proféticos, em que sonhava para Portugal um futuro glorioso na condição de império católico e missionário. As previsões messiânicas de Vieira são elaboradas a partir de meados do século XVII e são acusadas de ser um delírio compensatório pela já gritante escassa importância de Portugal no quadro europeu.

O CONTEXTO HISTÓRICO E O MESSIANISMO DE VIEIRA

Afinal, Portugal fora subordinado à autoridade do rei de Espanha de 1580 a 1640, durante a chamada União Ibérica, que se seguira à morte do rei D. Sebastião em Alcácer Quibir, no litoral africano. Morto o jovem e delirante Dom Sebastião, a quem Camões dedicara *Os Lusíadas,* armou-se uma pendenga sucessória, e o rei da Espanha, Filipe II, reivindicou seus direitos à coroa portuguesa e foi atendido. Portugal, que desde o seu surgimento enquanto reino independente lutara contra o poderio de seu ambicioso vizinho, cumpriu então o humilhante destino de tornar-se parte da Espanha.

Até quase a metade do século XVII, portanto, Portugal foi parte da Espanha, e Vieira acompanhou de perto o processo de retomada da soberania portuguesa e tratou de abastecê-lo com sua retórica furiosa e sua imaginação estupenda, devidamente registrada no sermonário, nas cartas e nos tais escritos proféticos. Em *Esperanças de Portugal, Quinto Império do mundo* e *Defesa perante o tribunal do Santo Ofício,* por exemplo, ele defende a tese milenarista de que um príncipe luso, o Encoberto, que já havia sido profetizado anteriormente por vários autores, enfrentaria os inimigos da fé católica e conquistaria a Terra Santa para espanto e glória do resto do mundo. Daí surgiria um reino de mil anos, o Quinto Império, que uniria todas as raças sob a autoridade da fé católica, autoridade a ser exercida por dois representantes: o papa, em Roma, no plano espiritual, e o rei de Portugal, no plano temporal.

Como se vê, tratava-se de erguer Portugal à condição de líder político da Europa, considerando pouco relevante a pujança dos reinos de Espanha, França e Inglaterra, com seus respectivos exércitos e frotas marítimas. Contra as pretensões de Vieira pesavam as condições políticas e administrativas de Portugal, isto é, a realidade. Os reis da dinastia de Bragança, que ascendeu ao trono em 1640, depois de sessenta anos de dominação espanhola, não demonstravam a energia e a habilidade necessárias para a missão de dilatar fé e império. Ou ao menos garantir as colônias na Índia e no Atlântico Sul, seriamente ameaçadas pelos avanços das potências marítimas europeias. D. João IV (1640-1656), D. Afonso VI (1656-1683) e D. Pedro II (1683-1706) sucedem-se sem avançar soluções para os dilemas do reino. D. Afonso VI, por exemplo, passa boa parte de seu reinado encarcerado ou exilado, despojado de seu poder e de sua rainha por articulações em torno de seu irmão, D. Pedro II.

Estes sermões

Dos sermões do padre Vieira, sobreviveram aproximadamente duzentos, dentre os quais três foram selecionados para esta edição: o *Sermão da sexagésima*, o *Sermão pelo bom sucesso das armas de Portugal contra as de Holanda* e o *Sermão do Bom Ladrão*. O *Sermão da sexagésima* (1655) consiste em uma autêntica "teoria da arte de pregar", na expressão de Eugênio Gomes, em que se reflete sobre as partes e a articulação do sermão em geral, tendo em vista o papel do pregador e do ouvinte cristãos. Não por acaso o próprio Vieira o escolheu para abrir o primeiro volume dos sermões por ele compendiados. Trata-se de uma receita do bom pregar, mas furiosa no ataque desferido contra os excessos barrocos que viciavam a retórica de seu tempo com demasiadas metáforas e contorcionismo sintático.

O *Sermão pelo bom sucesso das armas de Portugal contra as de Holanda* (1640) é também presença obrigatória nesta antologia por nos trazer o ainda jovem Antônio Vieira, então com trinta e dois anos. Mais belicoso e agressivo do que nunca, Vieira polemiza com Deus a favor da causa portuguesa contra os invasores holandeses que ameaçavam a cidade de Salvador na Bahia. Trata-se de um apelo às armas a favor da província do Brasil e da fé católica, "a verdadeira e a única". O próprio Deus católico é convocado e praticamente constrangido a cerrar fileiras com as tropas portuguesas. A fúria retórica de Vieira dá conta também da importância atribuída à colônia enquanto parte crucial do império português e da cristandade.

Já o *Sermão do Bom Ladrão* (1655) é um extraordinário ataque, e para Vieira a melhor defesa é sempre o ataque, contra a roubalheira dos funcionários, governadores, ministros e autoridades em geral. Enfim, todos aqueles que se valiam de sua posição de relevo na máquina administrativa do império lusitano para enriquecer. É o sermão de um homem público consciente imbuído de ética cristã que investe contra a lógica de rapina que organiza o sistema colonial. Embora Antônio Vieira defenda ferozmente o império português, que se abastece do sistema colonial.

Esta edição de três sermões de Antônio Vieira adapta a grafia das palavras e a pontuação para as regras e usos do português moderno, sempre procurando manter as peculiaridades e o sabor da língua dos seiscentos. Vieira usava *cousa* no lugar de *coisa*, por exemplo, o que foi mantido. Há também varias expressões arcaizantes ou mesmo clássicas que hoje não usamos nem por escrito, e para enfrentá-las procuramos auxiliar o leitor com notas de pé de página. Sobre as citações em latim, em geral o próprio Vieira trata de traduzi-las na sequência do sermão. Quando isso não acontece, apresentamos uma tradução no pé de página.

Optamos, nesta edição, pelo seguinte critério de apresentação das referências bíblicas: para citações de trechos bíblicos em latim, cuja tradução o próprio Vieira fornece no texto do sermão, a referência encontra-se no corpo do texto; já as citações de trechos da Bíblia para as quais Vieira não fornece a tradução para o português encontram-se referidas em notas de rodapé, após a tradução das mesmas. Escolheu-se esse critério por não haver registros confiáveis sobre como era feita a leitura oral dos sermões (Vieira fornecia ou não as referências dos trechos citados?) e porque, mesmo na edição príncipes dos sermões coligidos pelo próprio autor, há variação na maneira com que as referências bíblicas são apresentadas.

Sermão da sexagésima[1]

Pregado na Capela Real, no ano de 1655.

Semen est verbum Dei.[2]

I

E se quisesse Deus que este tão ilustre e tão numeroso auditório saísse hoje tão desenganado da pregação, como vem enganado com o pregador! Ouçamos o Evangelho, e ouçamo-lo todo, que todo é do caso que me levou e trouxe de tão longe.

Ecce exiit qui seminat, seminare.[3] Diz Cristo que "saiu o pregador evangélico a semear" a palavra divina. Bem parece este texto dos livros de Deus. Não só faz menção do semear, mas também faz caso do sair: *Exiit*, porque no dia da messe hão-nos de medir a semeadura e hão-nos de contar os passos. O mundo, aos que lavrais com ele, nem vos satisfaz o que despendeis, nem vos paga o que andais.

Deus não é assim. Para quem lavra com Deus até o sair é semear, porque também das passadas colhe fruto. Entre os semeadores do Evangelho há uns que saem a semear, há outros que semeiam sem sair. Os

---

[1]. No calendário litúrgico em vigor no tempo de Vieira, chamava-se Sexagésima o domingo anterior ao domingo de carnaval. Correspondia aproximadamente a 60 dias antes da Páscoa. A forma feminina (sexagésima) deve-se ao gênero feminino de *dies* (dia) em latim.

[2]. "Esta é, pois, a parábola: a semente é a palavra de Deus." (Lc 8:11)

[3]. "Eis que o semeador saiu a semear." (Mt 13:3)

que saem a semear são os que vão pregar à Índia, à China, ao Japão; os que semeiam sem sair são os que se contentam com pregar na pátria. Todos terão sua razão, mas tudo tem sua conta. Aos que têm a seara em casa, pagar-lhes-ão a semeadura; aos que vão buscar a seara tão longe, hão-lhes de medir a semeadura e hão-lhes de contar os passos. Ah Dia do Juízo! Ah pregadores! Os de cá, achar-vos-eis com mais paço; os de lá, com mais passos: *Exiit seminare*.[4]

Mas daqui mesmo vejo que notais (e me notais) que diz Cristo que o semeador do Evangelho saiu, porém não diz que tornou porque os pregadores evangélicos, os homens que professam pregar e propagar a fé, é bem que saiam, mas não é bem que tornem. Aqueles animais de Ezequiel que tiravam pelo carro triunfal da glória de Deus e significavam os pregadores do Evangelho, que propriedades tinham? *Nec revertebantur, cum ambularent*[5] *(Ez 1:12)*: Uma vez que iam, não tornavam. As rédeas por que se governavam eram o ímpeto do espírito, como diz o mesmo texto: mas esse espírito tinha impulsos para os levar, não tinha regresso para os trazer; porque sair para tornar melhor é não sair. Assim argúis com muita razão, e eu também assim o digo. Mas pergunto: E se esse semeador evangélico, quando saiu, achasse o campo tomado; se se armassem contra ele os espinhos; se se levantassem contra ele as pedras, e se lhe fechassem os caminhos que havia de fazer? Todos estes contrários que digo e todas estas contradições experimentou o semeador do nosso Evangelho. Começou ele a semear (diz Cristo), mas com pouca ventura.

---

4. Vieira refere aqui à diferença entre os pregadores que ficavam na corte (paço) e os jesuítas, que partiam pelo mundo a pregar.

5. "Nem se voltavam para trás, quando andavam."

"Uma parte do trigo caiu entre espinhos, e afogaram-no os espinhos": *Aliud cecidit inter spinas et simul exortae spinae suffocaverunt illud.* "Outra parte caiu sobre pedras, e secou-se nas pedras por falta de umidade": *Aliud cecidit super petram, et natum aruit, quia non habebat humorem.* "Outra parte caiu no caminho, e pisaram-no os homens e comeram-no as aves": *Aliud cecidit secus viam, et conculcatum est, et volucres coeli comederunt illud.* Ora vede como todas as criaturas do mundo se armaram contra esta sementeira. Todas as criaturas quantas há no mundo se reduzem a quatro gêneros: criaturas racionais, como os homens; criaturas sensitivas, como os animais; criaturas vegetativas, como as plantas; criaturas insensíveis, como as pedras; e não há mais. Faltou alguma destas que se não armasse contra o semeador? Nenhuma. A natureza insensível o perseguiu nas pedras, a vegetativa nos espinhos, a sensitiva nas aves, a racional nos homens. E notai a desgraça do trigo, que onde só podia esperar razão, ali achou maior agravo. As pedras secaram-no, os espinhos afogaram-no, as aves comeram-no; e os homens? Pisaram-no: *Conculcatum est.* (*Ab hominibus* – diz a glosa[6]).

Quando Cristo mandou pregar os apóstolos pelo mundo, disse-lhes desta maneira: *Euntes in mundum universum, praedicate omni creaturae*[7] *(Mc 16:15)*: "Ide, e pregai a toda a criatura". Como assim, Senhor?! Os animais não são criaturas?! As árvores não são criaturas?! As pedras não são criaturas?! Pois hão os apóstolos de pregar às pedras?! Hão de pregar aos troncos?! Hão de pregar aos animais?! Sim, diz S. Gregório,

---

6. Glosa: anotação entre as linhas ou na margem de um texto para explicar uma palavra ou uma passagem obscura.

7. "Ide por todo o mundo, pregai o evangelho a toda criatura."

depois de Santo Agostinho. Porque como os apóstolos iam pregar a todas as nações do mundo, muitas delas bárbaras e incultas, haviam de achar os homens degenerados em todas as espécies de criaturas: haviam de achar homens homens, haviam de achar homens brutos, haviam de achar homens troncos, haviam de achar homens pedras. E quando os pregadores evangélicos vão pregar a toda a criatura, que se armem contra eles todas as criaturas?! Grande desgraça!

Mas ainda a do semeador do nosso Evangelho não foi a maior. A maior é a que se tem experimentado na seara aonde eu fui, e para onde venho. Tudo o que aqui padeceu o trigo, padeceram lá os semeadores. Se bem advertirdes, houve aqui trigo mirrado, trigo afogado, trigo comido e trigo pisado. Trigo mirrado: *Natum aruit, quia non habebat humorem*; trigo afogado: *Exortae spinae suffocaverunt illud*; trigo comido: *Volucres caeli comederunt illud*; trigo pisado: *Conculcatum est*. Tudo isto padeceram os semeadores evangélicos da missão do Maranhão de doze anos a esta parte. Houve missionários afogados, porque uns se afogaram na boca do grande rio das Amazonas; houve missionários comidos, porque a outros comeram os bárbaros na ilha dos Aroãs[8]; houve missionários mirrados, porque tais tornaram os da jornada dos Tocantins, mirrados da fome e da doença, onde tal houve, que andando vinte e dois dias perdido nas brenhas matou somente a sede com o orvalho que lambia das folhas. Vede se lhe quadra bem o *Natum aruit, quia non habebant humorem!* E que sobre mirrados, sobre afogados, sobre comidos, ainda se vejam pisados e perseguidos dos homens: *Conculcatum est!* Não me queixo nem o digo, Senhor, pelos semeadores; só pela seara o digo, só

---

8. Ilha dos Aroãs: ilha de Aruãs, fica na foz do rio Amazonas.

pela seara o sinto. Para os semeadores, isto são glórias: mirrados sim, mas por amor de vós mirrados; afogados sim, mas por amor de vós afogados; comidos sim, mas por amor de vós comidos; pisados e perseguidos sim, mas por amor de vós perseguidos e pisados.

Agora torna a minha pergunta: E que faria neste caso, ou que devia fazer o semeador evangélico, vendo tão malogrados seus primeiros trabalhos? Deixaria a lavoura? Desistiria da sementeira? Ficar-se-ia ocioso no campo, só porque tinha lá ido? Parece que não. Mas se tornasse muito depressa a buscar alguns instrumentos com que alimpar a terra das pedras e dos espinhos, seria isto desistir? Seria isto tornar atrás? Não por certo. No mesmo texto de Ezequiel com que arguistes, temos a prova. Já vimos como dizia o texto, que aqueles animais da carroça de Deus, "quando iam não tornavam": *Nec revertebantur, cum ambularent.* Lede agora dois versos mais abaixo, e vereis que diz o mesmo texto que "aqueles animais tornavam, à semelhança de um raio ou corisco": *Ibant et revertebantur in similitudinem fulgoris coruscantis.*[9] Pois se os animais iam e tornavam à semelhança de um raio, como diz o texto que quando iam não tornavam? Porque quem vai e volta como um raio, não torna. Ir e voltar como raio não é tornar, é ir por diante. Assim o fez o semeador do nosso Evangelho. Não o desanimou nem a primeira nem a segunda nem a terceira perda; continuou por diante no semear, e foi com tanta felicidade, que nesta quarta e última parte do trigo se restauraram com vantagem as perdas do demais: nasceu, cresceu, espigou, amadureceu, colheu-se, mediu-se, achou-se que por um grão multiplicara cento: *Et fecit fructum centuplum.*

---

9. "Iam e retornavam como um raio coruscante." (Ez 1:14)

Oh que grandes esperanças me dá esta sementeira! Oh que grande exemplo me dá este semeador! Dá-me grandes esperanças a sementeira porque, ainda que se perderam os primeiros trabalhos, lograr-se-ão os últimos. Dá-me grande exemplo o semeador, porque, depois de perder a primeira, a segunda e a terceira parte do trigo, aproveitou a quarta e última, e colheu dela muito fruto. Já que se perderam as três partes da vida, já que uma parte da idade a levaram os espinhos, já que outra parte a levaram as pedras, já que outra parte a levaram os caminhos, e tantos caminhos, esta quarta e última parte, este último quartel da vida, por que se perderá também? Por que não dará fruto? Por que não terão também os anos o que tem o ano? O ano tem tempo para as flores e tempo para os frutos. Porque não terá também o seu outono a vida? As flores, umas caem, outras secam, outras murcham, outras leva o vento; aquelas poucas que se pegam ao tronco e se convertem em fruto, só essas são as venturosas, só essas são as que aproveitam, só essas são as que sustentam o Mundo. Será bem que o Mundo morra à fome? Será bem que os últimos dias se passem em flores? – Não será bem, nem Deus quer que seja, nem há de ser. Eis aqui por que eu dizia ao princípio, que vindes enganados com o pregador. Mas para que possais ir desenganados com o sermão, tratarei nele uma matéria de grande peso e importância. Servirá como de prólogo aos sermões que vos hei de pregar, e aos mais que ouvirdes esta quaresma[10].

---

10. Quaresma: período de quarenta dias, da Quarta-Feira de Cinzas até o Domingo de Páscoa, em que os católicos devem cumprir certos preceitos, como abster-se de comer carne às sextas-feiras.

II

Semen est verbum Dei.

O trigo que semeou o pregador evangélico, diz Cristo que é a palavra de Deus. Os espinhos, as pedras, o caminho e a terra boa em que o trigo caiu são os diversos corações dos homens. Os espinhos são os corações embaraçados com cuidados, com riquezas, com delícias; e nestes afoga-se a palavra de Deus. As pedras são os corações duros e obstinados; e nestes seca-se a palavra de Deus, e se nasce, não cria raízes. Os caminhos são os corações inquietos e perturbados com a passagem e o tropel das coisas do mundo, umas que vão, outras que vêm, outras que atravessam, e todas passam; e nestes é pisada a palavra de Deus, porque a desatendem ou a desprezam. Finalmente, a terra boa são os corações bons ou os homens de bom coração; e nestes prende e frutifica a palavra divina, com tanta fecundidade e abundância, que se colhe cento por um: *Et fructum fecit centuplum.*

Este grande frutificar da palavra de Deus é o em que reparo hoje; e é uma dúvida ou admiração que me traz suspenso e confuso, depois que subo ao púlpito. Se a palavra de Deus é tão eficaz e tão poderosa, como vemos tão pouco fruto da palavra de Deus? Diz Cristo que a palavra de Deus frutifica cento por um, e já eu me contentara com que frutificasse um por cento. Se com cada cem sermões se convertera e emendara um homem, já o mundo fora santo. Este argumento de fé, fundado na autoridade de Cristo, se aperta ainda mais na experiência, comparando os tempos passados com os presentes. Lede as histórias eclesiásticas, e achá-las-eis todas cheias de admiráveis efeitos da pregação da palavra de Deus. Tantos pecadores convertidos, tanta mudança de vida, tanta reformação de costumes; os grandes desprezando as riquezas e vaidades do mundo; os reis renunciando os cetros e as coroas; as mocidades e as gentilezas metendo-se pelos desertos e pelas covas; e hoje? – Nada disto. Nunca na Igreja de Deus houve tantas pregações, nem tantos pregadores como hoje. Pois se tanto se semeia a palavra de Deus, como é tão pouco o fruto? Não há um homem que em um sermão entre em si e se resolva, não há um moço que se arrependa, não há um velho que se desengane. Que é isto?

Assim como Deus não é hoje menos onipotente, assim a sua palavra não é hoje menos poderosa do que dantes era. Pois se a palavra de Deus é tão poderosa; se a palavra de Deus tem hoje tantos pregadores, por que não vemos hoje nenhum fruto da palavra de Deus? Esta, tão grande e tão importante dúvida, será a matéria do sermão. Quero começar pregando-me a mim. A mim será, e também a vós; a mim, para aprender a pregar; a vós, para que aprendais a ouvir.

III

Fazer pouco fruto a palavra de Deus no Mundo, pode proceder de um de três princípios: ou da parte do pregador, ou da parte do ouvinte, ou da parte de Deus. Para uma alma se converter por meio de um sermão, há de haver três concursos: há de concorrer o pregador com a doutrina, persuadindo; há de concorrer o ouvinte com o entendimento, percebendo; há de concorrer Deus com a graça, alumiando. Para um homem se ver a si mesmo, são necessárias três coisas: olhos, espelho e luz. Se tem espelho e é cego, não se pode ver por falta de olhos; se tem espelho e olhos, e é de noite, não se pode ver por falta de luz. Logo, há mister luz, há mister espelho e há mister olhos. Que coisa é a conversão de uma alma, senão entrar um homem dentro em si e ver-se a si mesmo? Para esta vista são necessários olhos, é necessária luz e é necessário espelho. O pregador concorre com o espelho, que é a doutrina; Deus concorre com a luz, que é a graça; o homem concorre com os olhos, que é o conhecimento. Ora suposto que a conversão das almas por meio da pregação depende destes três concursos: de Deus, do pregador e do ouvinte, por qual deles devemos entender que falta? Por parte do ouvinte, ou por parte do pregador, ou por parte de Deus?

Primeiramente, por parte de Deus, não falta nem pode faltar. Esta proposição é de fé, definida no Concílio Tridentino[11], e no nosso Evangelho a temos. Do trigo que deitou à terra o semeador, uma parte se logrou e três se perderam. E por que se perderam estas três? – A primeira perdeu-se, porque a afogaram os espinhos; a segunda, porque a secaram as pedras; a terceira, porque a pisaram os homens e a comeram as aves. Isto é o que diz Cristo; mas notai o que não diz. Não diz que parte alguma daquele trigo se perdesse por causa do sol ou da chuva. A causa por que ordinariamente se perdem as sementeiras, é pela desigualdade e pela intemperança dos tempos, ou porque falta ou sobeja a chuva, ou porque falta ou sobeja o sol. Pois por que não introduz

---

11. Concílio Tridentino: concílio da Igreja Católica transcorrido em Trento, entre 1545 e 1563, que procedeu a uma grande reformulação do catolicismo, em resposta à reforma protestante. Reformulação conhecida hoje pelo nome de Contrarreforma.

Cristo na parábola do Evangelho algum trigo que se perdesse por causa do sol ou da chuva? – Porque o sol e a chuva são as influências da parte do céu, e deixar de frutificar a semente da palavra de Deus, nunca é por falta do céu, sempre é por culpa nossa. Deixará de frutificar a sementeira, ou pelo embaraço dos espinhos, ou pela dureza das pedras, ou pelos descaminhos dos caminhos; mas por falta das influências do céu, isso nunca é nem pode ser. Sempre Deus está pronto da sua parte, com o sol para aquentar e com a chuva para regar; com o sol para alumiar e com a chuva para amolecer, se os nossos corações quiserem: *Qui solem suum oriri facit super bonos et malos, et pluit super justos et injustos*[12]. Se Deus dá o seu sol e a sua chuva aos bons e aos maus; aos maus que se quiserem fazer bons, como a negará? Este ponto é tão claro que não há para que nos determos em mais prova. *Quid debui facere vineae meae, et non feci?*[13] – disse o mesmo Deus por Isaías.

Sendo, pois, certo que a palavra divina não deixa de frutificar por parte de Deus, segue-se que ou é por falta do pregador ou por falta dos ouvintes. Por qual será? Os pregadores deitam a culpa aos ouvintes, mas não é assim. Se fora por parte dos ouvintes, não fizera a palavra de Deus muito grande fruto, mas não fazer nenhum fruto e nenhum efeito, não é por parte dos ouvintes. Provo.

Os ouvintes ou são maus ou são bons; se são bons, faz neles fruto a palavra de Deus; se são maus, ainda que não faça neles fruto, faz efeito. No Evangelho o temos.

---

12. "Que faz nascer o sol sobre bons e maus e faz chover sobre justos e injustos." (Mt 5:45)

13. "Que mais podia eu fazer pela minha vinha e que não tenha feito?" (Is 5:4)

O trigo que caiu nos espinhos, nasceu, mas afogaram-no: *Simul exortae spinae suffocaverunt illud*[14]. O trigo que caiu nas pedras, nasceu também, mas secou-se: *Et natum aruit*[15]. O trigo que caiu na terra boa, nasceu e frutificou com grande multiplicação: *Et natum fecit fructum centuplum.* De maneira que o trigo que caiu na boa terra, nasceu e frutificou; o trigo que caiu na má terra, não frutificou, mas nasceu; porque a palavra de Deus é tão funda, que nos bons faz muito fruto e é tão eficaz que nos maus ainda que não faça fruto, faz efeito; lançada nos espinhos, não frutificou, mas nasceu até nos espinhos; lançada nas pedras, não frutificou, mas nasceu até nas pedras. Os piores ouvintes que há na Igreja de Deus, são as pedras e os espinhos. E por quê? – Os espinhos por agudos, as pedras por duras. Ouvintes de entendimentos agudos e ouvintes de vontades endurecidas são os piores que há. Os ouvintes de entendimentos agudos são maus ouvintes, porque vêm só a ouvir sutilezas, a esperar galantarias, a avaliar pensamentos, e às vezes também a picar a quem os não pica. *Aliud cecidit inter spinas.*[16] O trigo não picou os espinhos, antes os espinhos o picaram a ele; e o mesmo sucede cá. Cuidais que o sermão vos picou a vós, e não é assim; vós sois os que picais o sermão. Por isto são maus ouvintes os de entendimentos agudos. Mas os de vontades endurecidas ainda são piores, porque um entendimento agudo pode ferir pelos mesmos fios, e vencer-se uma agudeza com outra maior; mas contra vontades endurecidas nenhuma coisa aproveita a agudeza, antes dana mais, porque quanto as setas são mais agudas, tanto mais facilmente

---

14. "Crescendo junto os espinhos, sufocaram-no." (Luc 8:7)

15. "E, nascido, secou." (Luc 8:6)

16. "Outra parte caiu entre espinhos." (Luc 8:7)

se despontam na pedra. Oh! Deus nos livre de vontades endurecidas, que ainda são piores que as pedras! A vara de Moisés abrandou as pedras, e não pôde abrandar uma vontade endurecida: *Percutiens virga bis silicem, et egressae sunt aquae largissimae. (Êx 7:13) Induratum est cor Pharaonis.*[17] *(Num 30:11)* E com os ouvintes de entendimentos agudos e os ouvintes de vontades endurecidas serem os mais rebeldes, é tanta a força da divina palavra, que, apesar da agudeza, nasce nos espinhos, e, apesar da dureza, nasce nas pedras.

Pudéramos arguir ao lavrador do Evangelho de não cortar os espinhos e de não arrancar as pedras antes de semear, mas de indústria deixou no campo as pedras e os espinhos, para que se visse a força do que semeava. É tanta a força da divina palavra, que, sem cortar nem despontar espinhos, nasce entre espinhos. É tanta a força da divina palavra, que, sem arrancar nem abrandar pedras, nasce nas pedras. Corações embaraçados como espinhos, corações secos e duros como pedras, ouvi a palavra de Deus e tende confiança! Tomai exemplo nessas mesmas pedras e nesses espinhos! Esses espinhos e essas pedras agora resistem ao semeador do céu; mas virá tempo em que essas mesmas pedras o aclamem e esses mesmos espinhos o coroem.

Quando o semeador do céu deixou o campo, saindo deste mundo, as pedras se quebraram para lhe fazerem aclamações, e os espinhos se teceram para lhe fazerem coroa. E se a palavra de Deus até dos espinhos e das pedras triunfa; se a palavra de Deus até nas pedras, até nos espinhos nasce; não triunfar dos alvedrios hoje a

---

17. "(Moisés) bateu com a vara na pedra duas vezes e jorraram abundantes águas."
"Endureceu-se o coração do Faraó."

palavra de Deus, nem nascer nos corações, não é por culpa, nem por indisposição dos ouvintes.

Supostas estas duas demonstrações; suposto que o fruto e efeito da palavra de Deus não fica, nem por parte de Deus, nem por parte dos ouvintes, segue-se, por consequência clara, que fica por parte do pregador. E assim é. Sabeis, cristãos, por que não faz fruto a palavra de Deus? Por culpa dos pregadores. Sabeis, pregadores, por que não faz fruto a palavra de Deus? Por culpa nossa.

IV

Mas como em um pregador há tantas qualidades, e em uma pregação tantas leis, e os pregadores podem ser culpados em todas, em qual consistirá esta culpa? No pregador podem-se considerar cinco circunstâncias: a pessoa, a ciência, a matéria, o estilo, a voz. A pessoa que é, e ciência que tem, a matéria que trata, o estilo que segue, a voz com que fala. Todas estas circunstâncias temos no Evangelho. Vamo-las examinando uma por uma e buscando esta causa.

Será porventura o não fazer fruto hoje a palavra de Deus pela circunstância da pessoa? Será porque antigamente os pregadores eram santos, eram varões apostólicos e exemplares, e hoje os pregadores são eu e outros como eu? Boa razão é esta. A definição do pregador é a vida e o exemplo. Por isso Cristo no Evangelho não o comparou ao semeador, senão ao que semeia. Reparai. Não diz Cristo: saiu a semear o semeador, senão, saiu a semear o que semeia: *Ecce exiit, qui seminat, seminare.* Entre o semeador e o que semeia há muita diferença. Uma coisa é o soldado e outra coisa o que peleja; uma coisa é o governador e outra o que governa. Da mesma maneira, uma coisa é o semeador e outra o que semeia; uma coisa é o pregador e outra o que prega. O semeador e o pregador é nome; o que semeia e o que prega é ação; e as ações são as que dão o ser ao pregador. Ter o nome de pregador, ou ser pregador de nome, não importa nada; as ações, a vida, o exemplo, as obras são as que convertem o mundo. O melhor conceito que o pregador leva ao púlpito, qual cuidais que é? O conceito que de sua vida têm os ouvintes.

Antigamente convertia-se o mundo, hoje por que se não converte ninguém? Porque hoje pregam-se palavras e pensamentos, antigamente pregavam-se palavras e obras. Palavras sem obra são tiros sem bala; atroam, mas não ferem. A funda de David derrubou o gigante, mas não o derrubou com o estalo, senão com a pedra: *Infixus est lapis in fronte ejus.*[18] As vozes da harpa de David lançavam fora os demônios do corpo de Saul, mas não eram vozes pronunciadas com a boca, eram vozes formadas com a mão: *David tollebat citharam, et percutiebat manu sua*[19]. Por isso Cristo comparou o pregador ao semeador. O pregar que é falar faz-se com a boca; o pregar que é semear, faz-se com a mão. Para falar ao vento, bastam palavras; para falar ao coração, são necessárias obras. Diz o Evangelho que a palavra de Deus frutificou cento por um. Que quer isto dizer? Quer dizer que de uma palavra nasceram cem palavras? Não. Quer dizer que de poucas palavras nasceram muitas obras. Pois palavras que frutificam obras, vede se podem ser só palavras! Quis Deus converter o mundo, e que

---

18. "A pedra penetrou na fronte." (Rs 17:49)

19. "David tomava a cítara e tocava-a com a mão." (Rs 16:23)

fez? Mandou ao mundo seu Filho feito homem. Notai. O Filho de Deus, enquanto Deus, é palavra de Deus, não é obra de Deus: *Genitum non factum*.[20] O Filho de Deus, enquanto Deus e Homem, é palavra de Deus e obra de Deus juntamente: *Verbum caro factum est*[21]. De maneira que até de sua palavra desacompanhada de obras não fiou Deus a conversão dos homens. Na união da palavra de Deus com a maior obra de Deus consistiu a eficácia da salvação do mundo. Verbo Divino é palavra divina; mas importa pouco que as nossas palavras sejam divinas, se forem desacompanhadas de obras. A razão disto é porque as palavras ouvem-se, as obras veem-se; as palavras entram pelos ouvidos, as obras entram pelos olhos, e a nossa alma rende-se muito mais pelos olhos que pelos ouvidos. No céu ninguém há que não ame a Deus, nem possa deixar de o amar. Na terra há tão poucos que o amem, todos o ofendem. Deus não é o mesmo, e tão digno de ser amado no céu e na terra? Pois como no céu obriga e necessita a todos a o amarem, e na terra não? A razão é porque Deus no céu é Deus visto; Deus na terra é Deus ouvido. No céu entra o conhecimento de Deus à alma pelos olhos: *Videbimus eum sicut est*[22]; na terra entra-lhe o conhecimento de Deus pelos ouvidos: *Fides ex auditu*[23]; e o que entra pelos ouvidos crê-se, o que entra pelos olhos necessita. Vissem os ouvintes em nós o que nos ouvem a nós, e o abalo e os efeitos do sermão seriam muito outros.

---

20. "Gerado, não criado." Palavras rezadas nas missas dominicais, depois do Evangelho e da Homilia.

21. "O Verbo se fez carne." (Jo 1:14)

22. "Vê-lo-emos como é." (Jo 3:2)

23. "A fé vem pelo ouvido." (Ro 10:17)

Vai um pregador pregando a Paixão, chega ao pretório de Pilatos, conta como a Cristo o fizeram rei de zombaria, diz que tomaram uma púrpura e lha puseram aos ombros; ouve aquilo o auditório muito atento. Diz que teceram uma coroa de espinhos e que lha pregaram na cabeça; ouvem todos com a mesma atenção. Diz mais que lhe ataram as mãos e lhe meteram nelas uma cana por cetro; continua o mesmo silêncio e a mesma suspensão nos ouvintes. Corre-se neste espaço uma cortina e aparece a imagem do *Ecce Homo*[24]; eis todos prostrados por terra, eis todos a bater no peito, eis as lágrimas, eis os gritos, eis os alaridos, eis as bofetadas. Que é isto? Que apareceu de novo nesta igreja? Tudo o que descobriu aquela cortina, tinha já dito o pregador. Já tinha dito daquela púrpura, já tinha dito daquela coma[25] e daqueles espinhos, já tinha dito daquele cetro e daquela cana. Pois se isto então não fez abalo nenhum, como faz agora tanto? Porque então era *Ecce Homo* ouvido, e agora é *Ecce Homo* visto; *a relação do pregador entrava pelos ouvidos; a representação daquela figura entra pelos olhos*. Sabem, padres pregadores, por que fazem pouco abalo os nossos sermões? Porque não pregamos aos olhos, pregamos só aos ouvidos. Por que convertia o Batista tantos pecadores? Porque assim como as suas palavras pregavam aos ouvidos, o seu exemplo pregava aos olhos. As palavras do Batista pregavam penitência: *Agite poenitentiam (Mt 3: 2):* "Homens, fazei penitência" – e o exemplo clamava: *Ecce Homo*: "eis aqui está o homem" que é o retrato da penitência e da aspereza.

---

24. *Ecce Homo* ("Eis o homem"): palavras de Pilatos aos judeus, mostrando Jesus com uma vara na mão e uma coroa de espinhos na cabeça. A representação desta cena. (Jo 19:5)

25. Coma: cabelo crescido.

As palavras do Batista pregavam jejum e repreendiam os regalos e demasias da gula; e o exemplo clamava: *Ecce Homo*: eis aqui está o homem que se sustenta de gafanhotos e mel silvestre. As palavras do Batista pregavam composição e modéstia, e condenavam a soberba e a vaidade das galas; e o exemplo clamava: *Ecce Homo*: eis aqui está o homem vestido de peles de camelo, com as cordas e cilício à raiz da carne. As palavras do Batista pregavam despegos e retiros do Mundo, e fugir das ocasiões e dos homens; e o exemplo clamava: *Ecce Homo*: eis aqui o homem que deixou as cortes e as sociedades, e vive num deserto e numa cova. Se os ouvintes ouvem uma coisa e veem outra, como se hão de converter? Jacob punha as varas manchadas diante das ovelhas quando concebiam, e daqui procedia que os cordeiros nasciam manchados: *Factumque est ut oves intuerentur virgas et parerent maculosa (Mt 3:2)*. Se, quando os ouvintes percebem os nossos conceitos, têm diante dos olhos as nossas manchas, como hão de conceber virtudes? Se a minha vida é apologia contra a minha doutrina, se as minhas palavras vão já refutadas nas minhas obras, se uma cousa é o semeador e outra o que semeia, como se há de fazer fruto?

Muito boa e muito forte razão era esta de não fazer fruto a palavra de Deus; mas tem contra si o exemplo e experiência de Jonas[26]. Jonas fugitivo de Deus, desobediente, contumaz, e, ainda depois de engolido e vomitado, iracundo, impaciente, pouco caritativo, pouco misericordioso, e mais zeloso e amigo da própria estimação que da honra de Deus e salvação das almas,

---

26. Jonas é um dos profetas menores, que sobreviveu depois de passar três dias no ventre da baleia.

desejoso de ver subvertida a Nínive[27] e de a ver subverter com seus olhos, havendo nela tantos mil inocentes; contudo este mesmo homem com um sermão converteu o maior rei, a maior corte e o maior reinado do mundo, e não de homens fiéis senão de gentios idólatras. Outra é logo a causa que buscamos. Qual será?

V

Será porventura o estilo que hoje se usa nos púlpitos? Um estilo tão empeçado[28], um estilo tão dificultoso, um estilo tão afetado, um estilo tão encontrado[29] a toda a arte e a toda a natureza? Boa razão é também esta. O estilo há de ser muito fácil e muito natural. Por isso Cristo comparou o pregar ao semear: *Exiit, qui seminat, seminare.* Compara Cristo o pregar ao semear, porque o semear é uma arte que tem mais de natureza que de arte. Nas outras artes tudo é arte: na música tudo se faz por compasso, na arquitetura tudo se faz por regra, na aritmética tudo se faz por conta, na geometria tudo se faz por medida. O semear não é assim. É uma arte sem arte; caia onde cair. Vede como semeava o nosso lavrador do Evangelho. "Caía o trigo nos espinhos e nascia" *Aliud cecidit inter spinas, et simul exortae spinae.* "Caía o trigo nas pedras e nascia": *Aliud cecidit super petram, et ortum.* "Caía o trigo na terra boa e nascia": *Aliud cecidit in terram bonam, et natum.* Ia o trigo caindo e ia nascendo.

Assim há de ser o pregar. Hão de cair as coisas e hão de nascer; tão naturais que vão caindo, tão próprias que venham nascendo. Que diferente é o estilo violento

---

27. Nínive: cidade que era a capital da Assíria, às margens do Tigre.

28. Empeçado: emaranhado, complicado.

29. Encontrado a: contrário a.

e tirânico que hoje se usa! Os tristes passos da Escritura, como quem vem ao martírio; uns vêm acarretados, outros vêm arrastados, outros vêm estirados, outros vêm torcidos, outros vêm despedaçados; só atados não vêm! Há tal tirania? Então no meio disto, que bem levantado está aquilo! Não está a coisa no levantar, está no cair: *Cecidit*[30]. Notai uma alegoria própria da nossa língua. O trigo do semeador, ainda que caiu quatro vezes, só de três nasceu; para o sermão vir nascendo, há de ter três modos de cair: há de cair com queda, há de cair com cadência, há de cair com caso. A queda é para as coisas, a cadência para as palavras, o caso para a disposição. A queda é para as coisas porque hão de vir bem trazidas e em seu lugar; hão de ter queda. A cadência é para as palavras, porque não hão de ser escabrosas nem dissonantes; hão de ter cadência. O caso é para a disposição, porque há de ser tão natural e tão desafectada que pareça caso e não estudo: *Cecidit, cecidit, cecidit.*[31]

Já que falo contra os estilos modernos, quero alegar por mim o estilo do mais antigo pregador que houve no mundo. E qual foi ele? O mais antigo pregador que houve no mundo foi o céu. *Coeli enarrant gloriam Dei et opera manuum ejus annuntiat firmamentum*[32] – diz David. Suposto que o céu é pregador, deve de ter sermões e deve de ter palavras. Sim, tem, diz o mesmo David; tem palavras e tem sermões; e mais, muito bem ouvidos. *Non sunt loquellae, nec sermones, quorum non audiantur voces eorum.*[33] E quais são estes sermões e

---

30. "Caiu."

31. "Caiu, caiu, caiu."

32. "Os Céus narram a glória de Deus e o firmamento apregoa as obras de Suas mãos." (Ps 18:1)

33. "Não são expressões nem palavras cujos sons não se percebam." (Os 18:4)

estas palavras do céu? As palavras são as estrelas, os sermões são a composição, a ordem, a harmonia e o curso delas.

Vede como diz o estilo de pregar do céu, com o estilo que Cristo ensinou na terra. Um e outro é semear; a terra semeada de trigo, o céu semeado de estrelas. O pregar há de ser como quem semeia, e não como quem ladrilha ou azuleja. Ordenado, mas como as estrelas: *stellae manentes in ordine suo (Jz 5: 20)*. Todas as estrelas estão por sua ordem; mas é ordem que faz influência, não é ordem que faça lavor. Não fez Deus o céu em xadrez de estrelas, como os pregadores fazem o sermão em xadrez de palavras. Se de uma parte há de estar branco, da outra há de estar negro; se de uma parte dizem luz, da outra hão de dizer sombra; se de uma parte dizem desceu, da outra hão de dizer subiu. Basta que não havemos de ver num sermão duas palavras em paz? Todas hão de estar sempre em fronteira com o seu contrário? Aprendamos do céu o estilo da disposição, e também o das palavras. As estrelas são muito distintas e muito claras. Assim há de ser o estilo da pregação; muito distinto e muito claro. E nem por isso temais que pareça o estilo baixo; as estrelas são muito distintas e muito claras, e altíssimas. O estilo pode ser muito claro e muito alto; tão claro que o entendam os que não sabem e tão alto que tenham muito que entender os que sabem. O rústico acha documentos nas estrelas para sua lavoura, e o mareante para sua navegação, e o matemático para as suas observações e para os seus juízos. De maneira que o rústico e o mareante, que não sabem ler nem escrever, entendem as estrelas; e o matemático, que tem lido quantos escreveram, não alcança a entender quanto nelas há. Tal pode ser o sermão: estrelas que todos veem, e muito poucos as medem.

Sim, padre; porém esse estilo de pregar não é pregar culto. Mas fosse! Este desventurado estilo que hoje se usa, os que o querem honrar chamam-lhe culto, os que o condenam chamam-lhe escuro, mas ainda lhe fazem muita honra. O estilo culto não é escuro, é negro, e negro boçal[34] e muito cerrado. É possível que somos portugueses e havemos de ouvir um pregador em português e não havemos de entender o que diz?! Assim como há Lexicon[35] para o grego e Calepino[36] para o latim, assim é necessário haver um vocabulário do púlpito. Eu ao menos o tomara para os nomes próprios, porque os cultos têm desbatizados os santos, e cada autor que alegam é um enigma. Assim o disse o Cetro Penitente, assim o disse o Evangelista Apeles, assim o disse a Águia de África, o Favo de Claraval, a Púrpura de Belém, a Boca de Ouro. Há tal modo de alegar! O Cetro Penitente dizem que é David[37], como se todos os cetros não foram penitência; o Evangelista Apeles, que é S. Lucas[38]; o Favo de Claraval, S. Bernardo[39]; a

---

34. Negro boçal: era o termo usado para os africanos recém-chegados que não sabiam português, em oposição aos negros ladinos que já conheciam alguma coisa da língua.

35. Lexicon: na Idade Média e na Renascença, coleção de expressões e locuções.

36. Calepino: dicionário de Ambrósio Calepino, publicado em 1502 e depois revisto e ampliado, vindo a ser a base de quase todos os léxicos latinos até o século XVIII.

37. David: segundo rei hebreu (1015? a.C – 975? a.C), sucessor de Saul e fundador de Jerusalém. Poeta e profeta, deixou salmos de grande lirismo.

38. São Lucas: um dos quatro evangelistas, companheiro de São Paulo.

39. São Bernardo (1091-1151): importante personalidade da cristandade ocidental, aconselhou papas e pregou cruzadas; autor de tratados polêmicos, sermões e poemas.

Águia de África, Santo Agostinho[40]; a Púrpura de Belém, S. Jerônimo[41]; a Boca de Ouro, S. Crisóstomo[42]. E quem quitaria ao outro cuidar que a Púrpura de Belém é Herodes[43], que a Águia de África é Cipião[44], e que a Boca de Ouro é Midas? Se houvesse um advogado que alegasse assim a Bartolo e Baldo[45], havíeis de fiar dele o vosso pleito? Se houvesse um homem que assim falasse na conversação, não o havíeis de ter por néscio? Pois o que na conversação seria necedade, como há de ser discrição no púlpito?

Boa me parecia também esta razão; mas como os cultos pelo polido e estudado se defendem com o grande Nazianzeno, com Ambrósio, com Crisólogo, com Leão, e pelo escuro e duro com Clemente Alexandrino, com Tertuliano, com Basílio de Selêucia, com Zeno Veronense e outros, não podemos negar a reverência a tamanhos autores posto que desejáramos, nos que se prezam de beber destes rios, a sua profundidade. Qual será logo a causa de nossa queixa?

---

40. Santo Agostinho (354-430): o mais célebre dos padres da Igreja latina. Conciliou o platonismo e o dogma cristão, a fé e a razão.

41. São Jerônimo (347-420): traduziu a Bíblia para o latim, a chamada *Vulgata*.

42. São João Crisóstomo (340-407): doutor da Igreja, patriarca de Constantinopla.

43. Herodes: é o nome de vários reis judeus submetidos à dominação romana. Herodes Antipas (20 a.C.-39 a.C.) julgou Jesus Cristo e mandou matar João Batista.

44. Cipião, o africano (235 a.C.-183 a.C.): procônsul e grande general romano.

45. Bartolo (1314-1357) e Baldo (1327-1400): dois grandes juristas italianos.

VI

Será pela matéria ou matérias que tomam os pregadores? Usa-se hoje o modo que chamam de apostilar o Evangelho, em que tomam muitas matérias, levantam muitos assuntos, e quem levanta muita caça e não segue nenhuma não é muito que se recolha com as mãos vazias. Boa razão é também esta.

O sermão há de ter um só assunto e uma só matéria. Por isso Cristo disse que o lavrador do Evangelho não semeara muitos gêneros de sementes, senão uma só: *Exiit, qui seminat, seminare semen*. Semeou uma semente só, e não muitas, porque o sermão há de ter uma só matéria, e não muitas matérias. Se o lavrador semeara primeiro trigo, e sobre o trigo semeara centeio, e sobre o centeio semeara milho grosso e miúdo, e sobre o milho semeara cevada, que havia de nascer? Uma mata brava, uma confusão verde. Eis aqui o que acontece aos sermões deste gênero. Como semeiam tanta variedade, não podem colher coisa certa. Quem semeia misturas, mal pode colher trigo. Se uma nau fizesse um bordo para o norte, outro para o sul, outro para leste, outro para oeste, como poderia fazer viagem? Por isso nos púlpitos se trabalha tanto e se navega tão pouco.

Um assunto vai para um vento, outro assunto vai para outro vento; que se há de colher senão vento? O Batista convertia muitos em Judeia; mas quantas matérias tomava? Uma só matéria: *Parate viam Domini*[46] *(Mt 3:3)* a preparação para o Reino de Cristo. Jonas converteu os ninivitas; mas quantos assuntos tomou? Um só assunto: *Adhuc quadraginta dies, et*

---

46. "Preparai o caminho do Senhor."

Ninive subvertetur[47] *(Jn 3:4)*: a subversão da cidade. De maneira que Jonas em quarenta dias pregou um só assunto; e nós queremos pregar quarenta assuntos em uma hora? Por isso não pregamos nenhum. O sermão há de ser de uma só cor, há de ter um só objeto, um só assunto, uma só matéria.

Há de tomar o pregador uma só matéria; há de defini-la, para que se conheça; há de dividi-la, para que se distinga; há de prová-la com a Escritura; há de declará-la com a razão; há de confirmá-la com o exemplo; há de amplificá-la com as causas, com os efeitos, com as circunstâncias, com as conveniências que se hão de seguir, com os inconvenientes que se devem evitar; há de responder às dúvidas, há de satisfazer às dificuldades; há de impugnar e refutar com toda a força da eloquência os argumentos contrários; e depois disto há de colher, há de apertar, há de concluir, há de persuadir, há de acabar. Isto é sermão, isto é pregar; e o que não é isto, é falar de mais alto.

Não nego nem quero dizer que o sermão não haja de ter variedade de discursos, mas esses hão de nascer todos da mesma matéria e continuar e acabar nela. Quereis ver tudo isto com os olhos? Ora vede. Uma árvore tem raízes, tem tronco, tem ramos, tem folhas, tem varas, tem flores, tem frutos. Assim há de ser o sermão: há de ter raízes fortes e sólidas, porque há de ser fundado no Evangelho; há de ter um tronco, porque há de ter um só assunto e tratar uma só matéria; deste tronco hão de nascer diversos ramos, que são diversos discursos, mas nascidos da mesma matéria e continuados nela; estes ramos hão de ser secos, senão cobertos de folhas, porque os discursos

---

47. "Quarenta dias ainda, e Nínive será destruída."

hão de ser vestidos e ornados de palavras. Há de ter esta árvore varas, que são a repreensão dos vícios; há de ter flores, que são as sentenças; e por remate de tudo, há de ter frutos, que é o fruto e o fim a que se há de ordenar o sermão. De maneira que há de haver frutos, há de haver flores, há de haver varas, há de haver folhas, há de haver ramos; mas tudo nascido e fundado em um só tronco, que é uma só matéria.

Se tudo são troncos, não é sermão, é madeira. Se tudo são ramos, não é sermão, são maravalhas. Se tudo são folhas, não é sermão, são versas[48]. Se tudo são varas, não é sermão, é feixe. Se tudo são flores, não é sermão, é ramalhete. Serem tudo frutos, não pode ser; porque não há frutos sem árvore. Assim que nesta árvore, a que podemos chamar "árvore da vida", há de haver o proveitoso do fruto, o formoso das flores, o rigoroso das varas, o vestido das folhas, o estendido dos ramos; mas tudo isto nascido e formado de um só tronco e esse não levantado no ar, senão fundado nas raízes do Evangelho: *Seminare semen*[49]. Eis aqui como hão de ser os sermões, eis aqui como não são. E assim não é muito que se não faça fruto com eles.

Tudo o que tenho dito pudera demonstrar largamente, não só com os preceitos dos Aristóteles, dos Túlios[50], dos Quintilianos[51], mas com a prática observada do príncipe dos oradores evangélicos, S. João

---

48. Versa ou verça: couve ou verdura assemelhada.

49. "Semear a semente."

50. Marco Túlio Cícero (106-40 a.C.): o maior orador romano, grande escritor. Sua oratória serviu de regra a toda retórica latina, medieval e clássica.

51. Marco Fábio Quintiliano (primeiro século da era cristã): é considerado a maior autoridade em retórica. Autor de *De institutione oratoria*.

Crisóstomo[52], de S. Basílio Magno[53], S. Bernardo[54], S. Cipriano[55], e com as famosíssimas orações de S. Gregório Nazianzeno[56], mestre de ambas as Igrejas[57]. E posto que nestes mesmos Padres, como em Santo Agostinho, S. Gregório e muitos outros, se acham os Evangelhos apostilados com nomes de sermão e homilias, uma coisa é expor, e outra pregar; uma ensinar, e outra persuadir, desta última é que eu falo, com a qual tanto fruto fizeram no mundo Santo Antônio de Pádua[58] e S. Vicente Ferrer[59]. Mas nem por isso entendo que seja ainda esta a verdadeira causa que busco.

VII

Será porventura a falta de ciência que há em muitos pregadores? Muitos pregadores há que vivem do que não colheram e semeiam o que não trabalharam. Depois da sentença de Adão, a terra não costuma dar fruto, senão a quem come o seu pão com o suor do seu rosto. Boa razão parece também esta. O pregador há de pregar o seu, e

---

52. Ver nota 19.

53. São Basílio Magno (329-379): um dos quatro grandes doutores da Igreja Oriental. Entregou-se à vida monástica. Suas *Regras* até hoje são seguidas pelos monges do Oriente.

54. Ver nota 16.

55. São Cipriano: bispo de Cartago, morreu martirizado em 258.

56. São Gregório Nazianzeno (330-390): doutor da Igreja, que foi bispo de Constantinopla. Destacado adversário dos arianos.

57. Mestre de ambas as Igrejas: ao que parece, Vieira refere-se à bipartição de ritos que há entre a Igreja Latina e a Igreja Oriental, com diferença também de línguas litúrgicas, latim e grego.

58. Santo Antônio de Pádua (Lisboa,1195-Pádua,1231): santo muito popular, milagreiro e achador de coisas perdidas.

59. São Vicente Ferrer (1355-1419): dominicano, taumaturgo famoso.

não o alheio. Por isso diz Cristo que semeou o lavrador do Evangelho o trigo seu: *semen suum*. Semeou o seu, e não o alheio, porque o alheio e o furtado não é bom para semear, ainda que o furto seja de ciência. Comeu Eva o pomo da ciência, e queixava-me eu antigamente desta nossa mãe; já que comeu o pomo, por que lhe não guardou as pevides[60]? Não seria bem que chegasse a nós a árvore, já que nos chegaram os encargos dela? Pois por que não o fez assim Eva? Porque o pomo era furtado, e o alheio é bom para comer, mas não é bom para semear: é bom para comer, porque dizem que é saboroso; não é bom para semear, porque não nasce. Alguém terá experimentado que o alheio lhe nasce em casa, mas esteja certo que, se nasce, não há de deitar raízes, e o que não tem raízes não pode dar fruto. Eis aqui por que muitos pregadores não fazem fruto; porque pregam o alheio, e não o seu: *semen suum*. O pregar é entrar em batalha com os vícios; e armas alheias, ainda que sejam as de Aquiles, a ninguém deram vitória. Quando David saiu a campo com o gigante, ofereceu-lhe Saul as suas armas, mas ele não as quis aceitar. Com armas alheias ninguém pode vencer, ainda que seja David. As armas de Saul só servem a Saul, e as de David a David; e mais aproveita um cajado e uma funda própria, que a espada e a lança alheia. Pregador que peleja com as armas alheias, não hajais medo que derrube gigante.

Fez Cristo aos apóstolos pescadores de homens – *faciam vos fieri piscatores hominum*[61], que foi ordená-los de pregadores. E que faziam os apóstolos? Diz o texto que estavam: *reficientes retia sua*, refazendo

---

60. Pevide: semente.

61. "Far-vos-ei pescadores de homens." (Mt 4: 21)

as redes suas; eram as redes dos apóstolos, e não eram alheias. Notai: *retia sua*. Não diz que eram suas porque as compraram, senão que eram suas porque as faziam; não eram suas porque lhes custaram o seu dinheiro, senão porque lhes custavam o seu trabalho. Desta maneira eram as redes suas; e porque desta maneira eram suas, por isso eram redes de pescadores que haviam de pescar homens. Com redes alheias, ou feitas por mão alheia, podem-se pescar peixes, homens não se podem pescar. A razão disto é porque nesta pesca de entendimentos só quem sabe fazer a rede sabe fazer o lanço. Como se faz uma rede? Do fio e do nó se compõe a malha; quem não enfia nem ata, como há de fazer rede? E quem não sabe enfiar nem sabe atar, como há de pescar homens? A rede tem chumbada que vai ao fundo, e tem cortiça que nada em cima da água. A pregação tem umas coisas de mais peso e de mais fundo, e tem outras mais superficiais e mais leves; e governar o leve e o pesado, só o sabe fazer quem faz a rede. Na boca de quem não faz a pregação, até o chumbo é cortiça.

As razões não hão de ser enxertadas, hão de ser nascidas. O pregar não é recitar. As razões próprias nascem do entendimento, as alheias vão pegadas à memória, e os homens não se convencem pela memória, senão pelo entendimento.

Veio o Espírito Santo sobre os apóstolos, e quando as línguas desciam do céu, cuidava eu que se lhes haviam de pôr na boca; mas elas foram-se pôr na cabeça. Pois por que na cabeça e não na boca, que é o lugar da língua? Porque o que há de dizer o pregador, não lhe há de sair só da boca; há lhe de sair pela boca, mas da cabeça. O que sai só da boca para nos ouvidos; o que nasce do juízo penetra e convence o entendimento. Ainda tem mais mistério estas línguas do Espírito Santo. Diz o texto que não se puseram todas as línguas sobre todos os apóstolos, senão cada uma sobre cada um: *Apparuerunt dispertitae linguae tanquam ignis, seditque supra singulos eorum.*[62] E por que cada uma sobre cada um, e não todas sobre todos? Porque não servem todas as línguas a todos, senão a cada um a sua. Uma língua só sobre Pedro, porque a língua de Pedro não serve a André; outra língua só sobre André, porque a língua de André não serve a Filipe; outra língua só sobre Filipe, porque a língua de Filipe não serve a Bartolameu[63], e assim dos mais.

E senão vede-o no estilo de cada um dos apóstolos, sobre que desceu o Espírito Santo. Só de cinco temos Escrituras; mas a diferença com que escreveram, como sabem os doutos, é admirável. As penas todas eram tiradas das asas daquela pomba divina; mas o estilo tão diverso, tão particular e tão próprio de cada um, que bem mostra que era seu. Mateus fácil, João misterioso, Pedro grave, Jacó[64] forte, Tadeu sublime, e todos com tal valentia no dizer, que cada palavra era um trovão, cada cláusula um raio e cada razão um triunfo. Ajuntai a estes cinco S. Lucas e S. Marcos[65], que também ali estavam, e achareis o número daqueles sete trovões que ouviu S. João[66] no Apocalipse[67]. *Loquuti sunt septem*

---

62. "E apareceram, repartidas, línguas como de fogo, que pousaram sobre cada um deles." (At 2:3)

63. Bartolameu: forma seiscentista para Bartolomeu, um dos apóstolos.

64. Jacó: Vieira trata de caracterizar com o adjetivo cabível cada um dos cinco apóstolos. Jacó é Tiago (Santo Jacó dá em Santiaco, que vira Santiago e finalmente Tiago), autor de uma epístola.

65. Lucas e Marcos: não foram apóstolos, mas foram evangelistas.

66. São João: apóstolo, autor do quarto Evangelho.

67. Apocalipse: o último dos livros sagrados, também escrito por São João.

tonitrua voces suas.[68] Eram trovões que falavam e desarticulavam as vozes, mas essas vozes eram suas: *voces suas*; "suas, e não alheias", como notou Ansberto[69]: *Non alienas, sed suas*. Enfim, pregar o alheio é pregar o alheio, e com o alheio nunca se fez coisa boa.

Contudo eu não me firmo de todo nesta razão, porque do grande Batista[70] sabemos que pregou o que tinha pregado Isaías[71], como notou S. Lucas[72], e não com outro nome, senão de sermões: *Praedicans baptismum poenitentiae in remissionem peccatorum, sicut scriptum est in libro sermonum Isaiae prophetae.*[73] Deixo o que tomou Santo Ambrósio de S. Basílio; S. Próspero[74] e Beda[75] de Santo Agostinho; Teofilato[76] e Eutímio[77] de S. João Crisóstomo.

---

68. "Falaram os sete trovões com suas próprias vozes." (Ap 10:3)

69. Ansberto: alteração do nome de Ambrosius Autpertus, monge francês do século VIII que escreveu comentários famosos sobre o Apocalipse.

70. São João Batista (m.28 ou 29 d.C.): filho de Zacarias e Isabel. Batizou Jesus Cristo e o chamou Messias. Decapitado a mando de Herodes Antipas.

71. Isaías: o primeiro dos quatro grandes profetas judeus do século VIII a.C. O Livro de Isaías, no Velho Testamento, é obra de grande valor literário, provavelmente redigida por vários autores.

72. Ver nota 15.

73. "Pregando o batismo de penitência em remissão dos pecados, como está escrito no livro dos oráculos do Profeta Isaías." (Lc 3:3)

74. São Próspero da Aquitânia: teólogo poeta e historiador do século V.

75. São Beda, o venerável (673-735): monge inglês. Dotado de saber enciclopédico, autor de várias obras exegéticas. Ainda mais famoso pela *Historia ecclesiastica gentis anglorum*, que lhe valeu o título de "pai da História da Inglaterra".

76. Teofilato (1038-1108, datas presumíveis): arcebispo da Bulgária, autor de obras exegéticas.

77. Eutímio: Eutímio Zigabena, polemista e exegeta bizantino que viveu entre os séculos XI e XII.

VIII

Será finalmente a causa, que tanto há buscamos, a voz com que hoje falam os pregadores? Antigamente pregavam bradando, hoje pregam conversando. Antigamente a primeira parte do pregador era boa voz e bom peito. E verdadeiramente, como o mundo se governa tanto pelos sentidos, podem às vezes mais os brados que a razão. Boa era também esta, mas não a podemos provar com o semeador, porque já dissemos que não era ofício de boca. Porém o que nos negou o Evangelho no semeador metafórico, nos deu no semeador verdadeiro, que é Cristo. Tanto que Cristo acabou a parábola, diz o Evangelho que começou o Senhor a bradar: *haec dicens clamabat*[78]. Bradou o Senhor, e não arrazoou sobre a parábola, porque era tal o auditório, que fiou mais dos brados que da razão.

Perguntaram ao Batista quem era? Respondeu ele: *ego vox clamantis in deserto (Jn 1: 23):* eu sou uma voz que anda bradando neste deserto. Desta maneira se definiu o Batista. A definição do pregador, cuidava eu que era: voz que arrazoa e não voz que brada. Pois por que se definiu o Batista pelo bradar e não pelo arrazoar; não pela razão, senão pelos brados? Porque há muita gente neste mundo com quem podem mais os brados que a razão, e tais eram aqueles a quem o Batista pregava. Vede-o claramente em Cristo. Depois que Pilatos examinou as acusações que contra ele se davam, lavou as mãos e disse: *ego nullam causam invenio in homine isto (Lc 23:14)*; eu nenhuma causa acho neste homem. Neste tempo todo o povo e os escribas bradavam de fora, que fosse crucificado: *at illi magis clamabant,*

---

[78]. "Dizendo isto, bradava." (Jo 1:23)

crucifigatur[79]. De maneira que Cristo tinha por si a razão e tinha contra si os brados. E qual pôde mais? Puderam mais os brados que a razão. A razão não valeu para o livrar, os brados bastaram para o pôr na Cruz. E como os brados no mundo podem tanto, bem é que bradem alguma vez os pregadores, bem é que gritem. Por isso Isaías chamou aos pregadores *nuvens*: *Qui sunt isti, qui ut nubes volant?*[80]. A nuvem tem relâmpago, tem trovão e tem raio: relâmpago para os olhos, trovão para os ouvidos, raio para o coração; com o relâmpago alumia, com o trovão assombra, com o raio mata. Mas o raio fere a um, o relâmpago a muitos, o trovão a todos. Assim há de ser a voz do pregador, um trovão do Céu, que assombre e faça tremer o mundo.

Mas que diremos à oração de Moisés? *Concrescat ut pluvia doctrina mea: fluat ut ros eloquium meum (Deut 32:2):* desça minha doutrina como chuva do céu, e a minha voz e as minhas palavras como orvalho que se destila brandamente e sem ruído. Que diremos ao exemplo ordinário de Cristo, tão celebrado por Isaías: *Non clamabit neque audietur vox ejus foris?*[81]. Não clamará, não bradará, mas falará com uma voz tão moderada que se não possa ouvir fora. E não há dúvida que o praticar familiarmente, e o falar mais ao ouvido que aos ouvidos, não só concilia maior atenção, mas naturalmente e sem força se insinua, entra, penetra e se mete na alma.

Em conclusão que a causa de não fazerem hoje fruto os pregadores com a palavra de Deus, nem é a circunstância da pessoa – *qui seminat,* nem a do estilo

---

79. "Mas eles gritavam ainda mais: seja crucificado!" (Mt 27:23)

80. "Quem são esses que voam como nuvens?" (Is 60:8)

81. "Não clamará nem será ouvida fora sua voz?" (Is 42:2)

– *seminare,* nem a da matéria – *semen,* nem a da ciência – *suum,* nem a da voz – *clamabat.* Moisés tinha fraca voz; Amós tinha grosseiro estilo; Salomão multiplicava e variava os assuntos; Balaão não tinha exemplo de vida; o seu animal não tinha ciência; e contudo todos estes, falando, persuadiam e convenciam. Pois se nenhuma destas razões que discorremos, nem todas elas juntas são a causa principal nem bastante do pouco fruto que hoje faz a palavra de Deus, qual diremos finalmente que é a verdadeira causa?

IX

As palavras que tomei por tema o dizem. *Semen est verbum Dei.* Sabeis, cristãos, a causa por que se faz hoje tão pouco fruto com tantas pregações? É porque as palavras dos pregadores são palavras, mas não são palavras de Deus. Falo do que ordinariamente se ouve. A palavra de Deus (como diria) é tão poderosa e tão eficaz, que não só na boa terra faz fruto, mas até nas pedras e nos espinhos nasce. Mas se as palavras dos pregadores não são palavras de Deus, que muito que não tenham a eficácia e os efeitos da palavra de Deus? *Ventum seminabunt, et turbinem colligent (Os 8:7),* diz o Espírito Santo: "Quem semeia ventos, colhe tempestades". Se os pregadores semeiam vento, se o que se prega é vaidade, se não se prega a palavra de Deus, como não há a Igreja de Deus de correr tormenta, em vez de colher fruto?

Mas dir-me-eis: padre, os pregadores de hoje não pregam do Evangelho, não pregam das Sagradas Escrituras? Pois como não pregam a palavra de Deus? Esse é o mal. Pregam palavras de Deus, mas não pregam a palavra de Deus: *Qui habet sermonem meum, loquatur sermonem meum vere*[82], disse Deus por Jeremias[83]. As palavras de Deus, pregadas no sentido em que Deus as disse, são palavras de Deus; mas pregadas no sentido que nós queremos, não são palavras de Deus, antes podem ser palavras do Demônio. Tentou o Demônio a Cristo a que fizesse das pedras pão. Respondeu-lhe o Senhor: *Non in solo pane vivit homo, sed in omni verbo, quod procedit de ore Dei*[84]. Esta sentença era tirada do capítulo VIII do Deuteronômio. Vendo o Demônio que o Senhor se defendia da tentação com a Escritura, leva-o ao Templo e, alegando o lugar do salmo noventa, diz-lhe desta maneira: *Mitte te deorsum; scriptum est enim, quia Angelis suis Deus mandavit de te, ut custodiant te in omnibus viis tuis (Mt 4:6):* "Deita-te daí abaixo, porque prometido está nas Sagradas Escrituras que os anjos te tomarão nos braços, para que te não faças mal". De sorte que Cristo defendeu-se do diabo com a Escritura, e o diabo tentou a Cristo com a Escritura.

Todas as Escrituras são palavra de Deus: pois se Cristo toma a Escritura para se defender do diabo, como toma o diabo a Escritura para tentar a Cristo? A razão é porque Cristo tomava as palavras da Escritura em seu verdadeiro sentido, e o diabo tomava as palavras da Escritura em sentido alheio e torcido; e as mesmas palavras que, tomadas em verdadeiro sentido são palavras de Deus, tomadas em sentido alheio, são armas do

---

82. "Quem tiver recebido a minha palavra anuncie fielmente essa palavra." (Jr 23:28)

83. Jeremias (c.650-c.580): um dos quatro grandes profetas de Israel. Anunciou os percalços e sucessos de Judá.

84. "Não só de pão vive o homem, mas de toda palavra que sai da boca de Deus." (Mt 4:4)

diabo. As mesmas palavras que, tomadas no sentido em que Deus as disse, são defesa, tomadas no sentido em que Deus as não disse, são tentação. Eis aqui a tentação com que então quis o diabo derrubar a Cristo, e com que hoje lhe faz a mesma guerra do pináculo do templo. O pináculo do templo é o púlpito, porque é o lugar mais alto dele. O diabo tentou a Cristo no deserto, tentou-o no monte, tentou-o no templo: no deserto, tentou-o com a gula; no monte, tentou-o com a ambição; no templo, tentou-o com as Escrituras mal-interpretadas, e essa é a tentação de que mais padece hoje a Igreja, e que em muitas partes tem derrubado dela, senão a Cristo, a sua fé.

Dizei-me, pregadores (aqueles com quem eu falo indignos verdadeiramente de tão sagrado nome), dizei-me: esses assuntos inúteis que tantas vezes levantais, essas empresas ao vosso parecer agudas que prosseguis, achaste-las alguma vez nos profetas do Testamento Velho, ou nos apóstolos e evangelistas do Testamento Novo, ou no autor de ambos os Testamentos, Cristo? É certo que não, porque desde a primeira palavra do *Gênesis* até à última do *Apocalipse*, não há tal coisa em todas as Escrituras. Pois se nas Escrituras não há o que dizeis e o que pregais, como cuidais que pregais a palavra de Deus? Mais: nesses lugares, nesses textos que alegais para prova do que dizeis, é esse o sentido em que Deus os disse? É esse o sentido em que os entendem os padres da Igreja? É esse o sentido da mesma gramática das palavras? Não, por certo; porque muitas vezes as tomais pelo que toam e não pelo que significam, e talvez nem pelo que toam.

Pois se não é esse o sentido das palavras de Deus, segue-se que não são palavras de Deus. E se não são palavras de Deus, que nos queixamos que não façam fruto as pregações? Basta que havemos de trazer as palavras de Deus a que digam o que nós queremos, e não havemos de querer dizer o que elas dizem?! E então ver cabecear o auditório a estas coisas, quando devíamos de dar com a cabeça pelas paredes de as ouvir! Verdadeiramente não sei de que mais me espante, se dos nossos conceitos, se dos vossos aplausos? Oh, que bem levantou o pregador! Assim é; mas que levantou? Um falso testemunho ao texto, outro falso testemunho ao santo, outro ao entendimento e ao sentido de ambos. Então que se converta o mundo com falsos testemunhos da palavra de Deus? Se a alguém parecer demasiada a censura, ouça-me.

Estava Cristo acusado diante de Caifás, e diz o evangelista S. Mateus que por fim vieram duas testemunhas falsas: *novissime venerunt duo falsi testes (Mt 26:60)*. Estas testemunhas referiram que ouviram dizer a Cristo que, se os judeus destruíssem o templo, ele o tornaria a reedificar em três dias. Se lermos o evangelista S. João, acharemos que Cristo verdadeiramente tinha dito as palavras referidas. Pois se Cristo tinha dito que havia de reedificar o templo dentro em três dias, e isto mesmo é o que referiram as testemunhas, como lhes chama o evangelista testemunhas falsas: *duo falsi testes*? O mesmo S. João deu a razão: *Loquebatur de templo corporis sui (Jo 2:21)*. Quando Cristo disse que em três dias reedificaria o templo, falava o Senhor do templo místico de seu corpo, o qual os judeus destruíram pela morte e o Senhor o reedificou pela ressurreição; e como Cristo falava do templo místico e as testemunhas o referiram ao templo material de Jerusalém, ainda que as palavras eram verdadeiras, as testemunhas eram falsas.

Eram falsas, porque Cristo as dissera em um sentido, e eles as referiram em outro; e referir as palavras de Deus em diferente sentido do que foram ditas é levantar falso testemunho a Deus, é levantar falso testemunho às Escrituras. Ah, Senhor, quantos falsos testemunhos vos levantam! Quantas vezes ouço dizer que dizeis o que nunca dissestes! Quantas vezes ouço dizer que são palavras vossas o que são imaginações minhas, que me não quero excluir deste número! Que muito logo que as nossas imaginações, e as nossas vaidades, e as nossas fábulas não tenham a eficácia de palavra de Deus!

Miseráveis de nós, e miseráveis dos nossos tempos! Pois neles se veio a cumprir a profecia de S. Paulo: *erit tempus, cum sanam doctrinam non sustinebunt (II Tim 4:3):* virá tempo, diz S. Paulo, em que os homens não sofrerão a doutrina sã. *Sed ad sua desideria coacervabunt sibi magistros prurientes auribus:* mas para seu apetite terão grande número de pregadores feitos a montão e sem escolha, os quais não façam mais que adular-lhes as orelhas. *A veritate quidem auditum avertent, ad fabulas autem convertentur:* "Fecharão os ouvidos à verdade, e abri-los-ão às fábulas". Fábula tem duas significações: quer dizer fingimento e quer dizer comédia; e tudo são muitas pregações deste tempo. São fingimento, porque são sutilezas e pensamentos aéreos, sem fundamento de verdade; são comédia, porque os ouvintes vêm à pregação como à comédia; e há pregadores que vêm ao púlpito como comediantes. Uma das felicidades que se contava entre as do tempo presente era acabarem-se as comédias em Portugal; mas não foi assim. Não se acabaram, mudaram-se; passaram-se do teatro ao púlpito. Não cuideis que encareço em chamar comédias a muitas pregações das que hoje se usam.

Tomara ter aqui as comédias de Plauto[85], de Terêncio[86], de Sêneca[87], e veríeis se não acháveis nelas muitos desenganos da vida e vaidade do mundo, muitos pontos de doutrina moral, muito mais verdadeiros, e muito mais sólidos, do que hoje se ouvem nos púlpitos. Grande miséria por certo, que se achem maiores documentos para a vida nos versos de um poeta profano, e gentio, que nas pregações de um orador cristão, e muitas vezes, sobre cristão, religioso!

Pouco disse S. Paulo em lhe chamar comédia, porque muitos sermões há que não são comédia, são farsa. Sobe talvez ao púlpito um pregador dos que professam ser mortos ao mundo, vestido ou amortalhado em um hábito de penitência (que todos, mais ou menos ásperos, são de penitência; e todos, desde o dia que os professamos, mortalhas); a vista é de horror, o nome de reverência, a matéria de compunção, a dignidade de oráculo, o lugar e a expectação de silêncio; e quando este se rompeu, que é o que se ouve? Se neste auditório estivesse um estrangeiro que nos não conhecesse e visse entrar este homem a falar em público naqueles trajos e em tal lugar, cuidaria que havia de ouvir uma trombeta do céu; que cada palavra sua havia de ser um raio para os corações, que havia de pregar com o zelo e com o fervor de um Elias, que com a voz, com o gesto e com as ações havia de fazer em pó e em cinza os vícios. Isto havia de cuidar o estrangeiro. E nós que é o que vemos? Vemos sair da boca daquele homem, assim naqueles trajos, uma voz muito afetada e muito polida, e logo começar com muito desgarro a quê? A motivar

---

85. Plauto (254-184 a.C.): cômico latino.

86. Terêncio (190-159 a.C.): era africano e escravo alforriado.

87. Sêneca (4 a.C.-65): moralista estoico e autor de várias tragédias.

desvelos, a acreditar empenhos, a requintar finezas, a lisonjear precipícios, a brilhar auroras, a derreter cristais, a desmaiar jasmins, a toucar primaveras, e outras mil indignidades destas.

Não é isto farsa a mais digna de riso, se não fora tanto para chorar? Na comédia o rei veste como rei, e fala como rei; o lacaio veste como lacaio, e fala como lacaio; o rústico veste como rústico, e fala como rústico; mas um pregador vestir como religioso e falar como... não o quero dizer, por reverência do lugar. Já que o púlpito é teatro, e o sermão comédia se quer, não faremos bem a figura? Não dirão as palavras com o vestido e com o ofício? Assim pregava S. Paulo, assim pregavam aqueles patriarcas que se vestiram e nos vestiram destes hábitos? Não louvamos e não admiramos o seu pregar? Não nos prezamos de seus filhos? Pois por que não os imitamos? Por que não pregamos como eles pregavam? Neste mesmo púlpito pregou S. Francisco Xavier, neste mesmo púlpito pregou S. Francisco de Borja; e eu, que tenho o mesmo hábito, por que não pregarei a sua doutrina, já que me falta o seu espírito?

X

Dir-me-eis o que a mim me dizem, e o que já tenho experimentado, que, se pregamos assim, zombam de nós os ouvintes, e não gostam de ouvir. Oh, boa razão para um servo de Jesu[88] Cristo! Zombem e não gostem embora, e façamos nós nosso ofício! A doutrina de que eles zombam, a doutrina que eles desestimam,

---

88. Jesu: forma muito comum na língua arcaica e clássica e muito usada por Vieira.

essa é a que lhes devemos pregar, e por isso mesmo, porque é mais proveitosa e a que mais hão mister. O trigo que caiu no caminho comeram-no as aves. Estas aves, como explicou o mesmo Cristo, são os demônios, que tiram a palavra de Deus dos corações dos homens: *Venit Diabolus, et tollit verbum de corde eorum!*[89] Pois por que não comeu o diabo o trigo que caiu entre os espinhos, ou o trigo que caiu nas pedras, senão o trigo que caiu no caminho? Porque o trigo que caiu no caminho *conculcatum est ab hominibus:* pisaram-no os homens; e a doutrina que os homens pisam, a doutrina que os homens desprezam, essa é a de que o diabo se teme. Dessoutros conceitos, dessoutros pensamentos, dessoutras sutilezas que os homens estimam e prezam, dessas não se teme nem se acautela o diabo, porque sabe que não são essas as pregações que lhe hão de tirar as almas das unhas.

Mas daquela doutrina que cai *secus viam*[90]; daquela doutrina que parece comum: *secus viam;* daquela doutrina que parece trivial: *secus viam*; daquela doutrina que parece trilhada: *secus viam;* daquela doutrina que nos põe em caminho e em via da nossa salvação (que é a que os homens pisam e a que os homens desprezam), essa é a de que o demônio se receia e se acautela, essa é a que procura comer e tirar do mundo; e por isso mesmo essa é a que deviam pregar os pregadores, e a que deviam buscar os ouvintes. Mas se eles não o fizerem assim e zombarem de nós, zombemos nós tanto de suas zombarias como dos seus aplausos. *Per infamiam et*

---

89. "Vem o diabo e tira-lhes do coração a palavra."

90. "Ao longo do caminho."

bonam famam[91], diz S. Paulo. O pregador há de saber pregar com fama e sem fama. Mais diz o Apóstolo. Há de pregar com fama e com infâmia. Pregar o pregador para ser afamado, isso é mundo: mas infamado, e pregar o que convém, ainda que seja com descrédito de sua fama, isso é ser pregador de Jesus Cristo.

Pois o gostarem ou não gostarem os ouvintes! Oh, que advertência tão digna! Que médico há que repare no gosto do enfermo, quando trata de lhe dar saúde? Sarem e não gostem; salvem-se e amargue-lhes, que para isso somos médicos das almas. Quais vos parece que são as pedras sobre que caiu parte do trigo do Evangelho? Explicando Cristo a parábola, diz que as pedras são aqueles que ouvem a pregação com gosto: *Hi sunt, qui cum gaudio suscipiunt verbum.* Pois será bem que os ouvintes gostem e que no cabo fiquem pedras? Não gostem e abrandem-se; não gostem e quebrem-se; não gostem e frutifiquem. Este é o modo com que frutificou o trigo que caiu na boa terra: *Et fructum afferunt in patientia,* conclui Cristo. De maneira que o frutificar não se ajunta com o gostar, senão com o padecer; frutifiquemos nós, e tenham eles paciência. A pregação que frutifica, a pregação que aproveita, não é aquela que dá gosto ao ouvinte, é aquela que lhe dá pena. Quando o ouvinte a cada palavra do pregador treme; quando cada palavra do pregador é um torcedor[92] para o coração do ouvinte; quando o ouvinte vai do sermão para casa confuso e atônito, sem saber parte de si, então é a preparação qual convém, então se pode esperar que faça fruto: *Et fructum afferunt in patientia*[93].

---

91. "Com má ou boa fama." (2Cor 6:8)

92. Torcedor: um instrumento de tortura.

93. "E dão fruto na perseverança." (Luc 8:15)

Enfim, para que os pregadores saibam como hão de pregar e os ouvintes a quem hão de ouvir, acabo com um exemplo do nosso reino, e quase dos nossos tempos. Pregavam em Coimbra dois famosos pregadores, ambos bem conhecidos por seus escritos; não os nomeio, porque os hei de desigualar. Altercou-se entre alguns doutores da Universidade qual dos dois fosse maior pregador; e como não há juízo sem inclinação, uns diziam este, outros, aquele. Mas um lente, que entre os mais tinha maior autoridade, concluiu desta maneira: "Entre dois sujeitos tão grandes não me atrevo a interpor juízo; só direi uma diferença, que sempre experimento: quando ouço um, saio do sermão muito contente do pregador; quando ouço outro, saio muito descontente de mim".

Com isto tenho acabado. Algum dia vos enganastes tanto comigo, que saíeis do sermão muito contentes do pregador; agora quisera eu desenganar-vos tanto, que saíreis muito descontentes de vós. Semeadores do Evangelho, eis aqui o que devemos pretender nos nossos sermões: não que os homens saiam contentes de nós, senão que saiam muito descontentes de si; não que lhes pareçam bem os nossos conceitos, mas que lhes pareçam mal os seus costumes, as suas vidas, os seus passatempos, as suas ambições e, enfim, todos os seus pecados. Contanto que se descontentem de si, descontentem-se embora de nós. *Si hominibus placerem, Christus servus non essem (Gal 1:10),* dizia o maior de todos os pregadores, S. Paulo: Se eu contentara aos homens, não seria servo de Deus. Oh, contentemos a Deus, e acabemos de não fazer caso dos homens! Advirtamos que nesta mesma Igreja há tribunas mais altas que as que vemos: *spectaculum facti sumus Deo, Angelis et hominibus.* Acima das tribunas dos reis, estão as tribunas dos anjos, está a tribuna e o tribunal de Deus, que nos ouve e nos há de julgar. Que conta há de dar a Deus um pregador no Dia do Juízo? O ouvinte dirá: não mo disseram. Mas o pregador? *Vae mihi, quia tacui*[94]*:* Ai de mim, que não disse o que convinha! Não seja mais assim, por amor de Deus e de nós.

Estamos às portas da Quaresma, que é o tempo em que principalmente se semeia a palavra de Deus na Igreja, e em que ela se arma contra os vícios. Preguemos e armemo-nos todos contra os pecados, contra as soberbas, contra os ódios, contra as ambições, contra as invejas, contra as cobiças, contra as sensualidades. Veja o céu que ainda tem na terra quem se põe da sua parte. Saiba o inferno que ainda há na terra quem lhe faça guerra com a palavra de Deus, e saiba a mesma terra que ainda está em estado de reverdecer e dar muito fruto: *Et fecit fructum centuplum.*

---

94. "Ai de mim, que me calei." (Is 6:5)

SERMÃO PELO BOM SUCESSO DAS ARMAS DE PORTUGAL CONTRA AS DE HOLANDA

Sermão pregado na Igreja de Nossa Senhora da Ajuda da Cidade da Bahia, atual Salvador. Com o Santíssimo Sacramento exposto. Sendo este o último de quinze dias, nos quais em todas as igrejas da mesma cidade se tinham feito sucessivamente sermões semelhantes, no ano de 1640.

Exurge, quare obdormis, Domine? Exurge, et ne repellas in finem. Quare faciem tuas avertis? Obliviscaris inopiae nostrae et tribulationis nostrae? Exurge, Domine, adjuva nos, et redime nos propter nomen tuum.[1]

I

Com estas palavras piedosamente resolutas, mais protestando que orando, dá fim o profeta rei ao salmo quarenta e três, salmo que desde o princípio até o fim não parece senão cortado para os tempos e ocasião presente. O Doutor Máximo, São Jerônimo, e depois dele os outros expositores, dizem que se entende a

---

1. "Levanta-te, por que dormes, Senhor? Levanta-te e não nos desampares para sempre. Por que apartas teu rosto, e te esqueces da nossa miséria e da nossa tribulação? Levanta-te, Senhor, ajuda-nos, e resgata-nos por amor de teu nome." (Sl 43: 23, 24, 26)

letra de qualquer reino ou província católica destruída e assolada por inimigos da fé. Mas entre todos os reinos do mundo, a nenhum lhe quadra melhor que ao nosso reino de Portugal, e entre todas as províncias de Portugal, a nenhuma vem mais ao justo, que à miserável província[2] do Brasil. Vamos lendo todo o salmo, e em todas as cláusulas[3] dele veremos retratadas as da nossa fortuna, o que fomos e o que somos.

Deus, auribus nostris audivimus; patres nostri annuntiaverunt nobis, opus quod operatus es in diebus eorum, et in diebus antiquis[4]: Ouvimos – começa o profeta – a nossos pais, lemos nas nossas histórias, e ainda os mais velhos viram, em parte, com seus olhos as obras maravilhosas, as proezas, as vitórias, as conquistas, que por meio dos portugueses obrou em tempos passados vossa onipotência, Senhor. *Manus tua gentes disperdidit, et plantasti eos: afflixisti populos, et expulisti eos*[5]: Vossa mão foi a que venceu e sujeitou tantas nações bárbaras belicosas e indômitas, e as despojou do domínio de suas próprias terras, para nelas os plantar, como plantou com tão bem-fundadas raízes, e para nelas os dilatar, como dilatou e estendeu em todas as partes do mundo, na África, na Ásia, na América. *Nec enim in gladio suo possederunt terram, et brachium eorum non salvavit eos, sed dextera tua et brachium tuum, et iluminatio vultus tui, quoniam complacuisti*

---

2. O atual território do Brasil era colônia de Portugal. Província é termo de época para dar conta desta relação de subordinação.

3. *Cláusulas*: partes.

4. "Nós, ó Deus, com as nossas orelhas ouvimos: nossos pais nos anunciaram a obra que fizestes nos dias deles e nos dias antigos." (Sl 43:2)

5. "A tua mão exterminou as gentes, e os plantaste a eles; afligiste os povos, e os lançaste fora." (Sl 43:3)

in eis[6]: Porque não foi a força do seu braço, nem a da sua espada a que lhes sujeitou as terras que possuíram, e as gentes e reis que avassalaram, senão a virtude de vossa destra onipotente, e a luz e o prêmio supremo de vosso beneplácito, com que neles vos agradastes e deles vos servistes. Até aqui a relação ou memória das felicidades passadas, com que passa o profeta aos tempos e desgraças presentes.

Nunc autem repulisti et confundisti nos, et non egredieris, Deus, in virtutibus nostris[7]. Porém agora, Senhor, vemos tudo isto tão trocado, que já parece que nos deixastes de todo, e nos lançastes de vós, porque já não ides diante das nossas bandeiras, nem capitaneais como dantes os nossos exércitos: *Avertisti nos retrorsum post inimicos nostros; et qui oderunt nos diripiebant sibi*[8]. Os que tão acostumados éramos a vencer e triunfar, não por fracos, mas por castigados, fazeis que voltemos as costas a nossos inimigos – que, como são açoite de vossa justiça, justo é que lhes demos as costas – e, perdidos os que antigamente foram despojos do nosso valor, são agora roubo da sua cobiça. *Dedisti nos tanquam oves escarum, et in gentibus dispersisti nos*[9]. Os velhos, as mulheres, os meninos, que não têm forças nem armas com que se defender, morrem como ovelhas inocentes às mãos da crueldade herética, e os que podem escapar à

---

6. "Porque não com a sua espada que possuíram a terra, e o seu braço não os salvou, senão a tua destra, e o teu braço, e a luz do teu rosto, porque te comprazeste neles." (Sl 43:4)

7. "Mas agora tu nos lançaste fora e cobriste de confusão, e tu, ó Deus, não andarás à testa dos nossos exércitos." (Sl 43:10)

8. "Tu nos fizeste voltar as costas a nossos inimigos, e que fôssemos presa dos que nos tinham em aborrecimento." (Sl 43: 11)

9. "Tu nos entregaste como ovelhas de matadouro, e nos espalhaste entre as nações." (Sl 43:12)

morte, desterrando-se a terras estranhas, perdem a casa e a pátria. *Possuisti nos opprobrium vicinis nostris, subsannationem et derisum his qui sunt in circuitu nostro*[10]. Não fora tanto para sentir, se perdidas fazendas e vidas, se salvara ao menos a honra; mas também esta a passos contados se vai perdendo; e aquele nome português, tão celebrado nos anais da fama, já o herege insolente, com as vitórias o afronta, e o gentio[11], de que estamos cercados, e que tanto o venerava e temia, já o despreza.

Com tanta propriedade como isto descreve Davi neste salmo nossas desgraças, contrapondo o que somos hoje ao que fomos enquanto Deus queria, para que na experiência presente cresça a dor por oposição com a memória do passado. Ocorre aqui ao pensamento o que não é lícito sair à língua, e não falta quem discorra tacitamente que a causa desta diferença tão notável foi a mudança da monarquia. Não havia de ser assim dizem – se vivera um Dom Manuel[12], um Dom João, o Terceiro[13], ou a fatalidade de um Sebastião[14] não sepultara com ele os reis portugueses. Mas o mesmo profeta, no mesmo salmo, nos dá o desengano desta falsa imaginação: *Tu es ipse Rex meus et Deus meus, qui mandas salutes*

---

10. "Puseste-nos por opróbrio aos nossos vizinhos, por escárnio e zombaria àqueles que estão ao redor de nós." (Sl. 43:14).

11. Gentio: os que ainda não eram católicos, isto é, os índios e os negros pagãos. Para Vieira, católico rigoroso, os holandeses são hereges porque trocaram o catolicismo pela crença protestante.

12. Dom Manuel, o venturoso, impulsionou, durante seu reinado (1495-1521), a expansão ultramarina.

13. Dom João III, filho e sucessor de D. Manuel, durante seu reinado (1521-1557) consolidou as conquistas ultramarinas e instalou a Inquisição em Portugal.

14. Dom Sebastião, neto de D. João III, foi coroado em 1568, quando alcançou a maioridade. Promoveu expedições militares e desapareceu na batalha de Alcácer Quibir (4 de agosto de 1578).

Jacob[15]. O reino de Portugal, como o mesmo Deus nos declarou na sua fundação, é reino seu, e não nosso: *Volo enim in te, et in semine tuo imperium mihi stabilire*[16] – e como Deus é o rei: *Tu es ipse rex meus et Deus meus* – e este rei é o que manda e o que governa: *Qui mandas salutes Jacob* – ele, que não se muda, é o que causa estas diferenças, e não os reis que se mudaram. À vista, pois, desta verdade certa e sem engano esteve um pouco suspenso o nosso profeta na consideração de tantas calamidades, até que para remédio delas o mesmo Deus, que o alumiava, lhe inspirou um conselho altíssimo, nas palavras que tomei por tema.

Exurge, quare obdormis Domine? Exurge, et ne repellas in finem. Quare faciem tuam avertis? Obliviseris inopiae nostrae et tribulationis nostrae? Exurge, Domine, adjuva nos, et redime nos propter nomen tuum. Não prega Davi ao povo, não o exorta ou repreende, não faz contra ele invectivas, posto que bem merecidas; mas todo arrebatado de um novo e extraordinário espírito, se volta não só a Deus, mas, piedosamente atrevido, contra ele. Assim como Marta disse a Cristo: *Domine, non est tibi curae?*[17] – assim estranha Davi reverentemente a Deus, e quase o acusa de descuidado. Queixa-se das desatenções da sua misericórdia e providência, que isso é considerar a Deus dormindo: *Exurge, quare obdormis Domine?* Repete-lhe que acorde e que não deixe chegar os danos ao fim, permissão indigna de sua piedade: *Exurge, et ne repellas in finem.* Pede-lhe a razão por que aparta de nós os olhos e não volta o rosto: *Quare faciem tuam avertis,* – e por que se esquece

---

15. "Tu mesmo és o meu rei, que dispões as salvações de Jacó." (Sl 43:5)

16. "Quero estabelecer em e na tua descendência o meu império."

17. "Senhor, a ti não se te dá?" (Lc 10:40)

da nossa miséria, e não faz caso de nossos trabalhos: *Obliviscéris inopiae nostrae et tribulationis nostrae*. E não só pede de qualquer modo esta razão do que Deus faz e permite, senão que insta a que lhe dê uma e outra vez: *Quare obdormis? Quare obliviscéris?* Finalmente, depois destas perguntas, a que supõe que não tem Deus resposta, e destes argumentos, com que presume o tem convencido, protesta diante do tribunal de sua justiça e piedade, que tem obrigação de nos acudir, de nos ajudar e de nos libertar logo: *Exurge, Domine, adjuva nos, et redime nos*. E para mais obrigar ao mesmo Senhor, não protesta por nosso bem e remédio, senão por parte da sua honra e glória: *Propter nomen tuum*.

Esta é – todo-poderoso e todo misericordioso Deus –, esta é a traça[18] de que usou para render vossa piedade quem tanto se conformava[19] com vosso coração. E desta usarei eu também hoje, pois o estado em que nos vemos mais é o mesmo, que semelhante. Não hei de pregar hoje ao povo, não hei de falar com os homens: mais alto hão de sair as minhas palavras ou as minhas vozes; a vosso peito divino se há de dirigir todo o sermão. É este o último de quinze dias contínuos em que todas as igrejas desta metrópole, a esse mesmo trono de vossa patente majestade, têm representado suas deprecações; e pois o dia é o último, justo será que nele se acuda também ao último e único remédio. Todos estes dias se cansaram debalde os oradores evangélicos em pregar penitência aos homens; e pois eles se não converteram, quero eu, Senhor, converter-vos a vós. Tão presumido venho de vossa misericórdia, Deus meu,

---

18. Traça: plano assentado, desígnio.

19. Conformar-se: identificar-se, assumir a mesma forma.

que, ainda que nós somos os pecadores, vós haveis de ser o arrependido.

O que venho a pedir ou protestar, Senhor, é que nos ajudeis e nos liberteis: *Adjuva nos, et redime nos.* Mui conformes são estas petições ambas ao lugar e ao tempo. Em tempo que tão oprimidos e tão cativos estamos, que devemos pedir com maior necessidade, senão que nos liberteis: *Redime nos?* E na casa da Senhora da Ajuda, que devemos esperar com maior confiança, senão que nos ajudeis: *Adjuva nos?* Não hei de pedir pedindo, senão protestando e argumentando, pois esta é a licença e liberdade que tem quem não pede favor, senão justiça. Se a causa fora só nossa, e eu viera a rogar só por nosso remédio, pedira favor e misericórdia. Mas, como a causa, Senhor, é mais vossa que nossa, e como venho a requerer por parte de vossa honra e glória, e pelo crédito de vosso nome: *Propter nomem tuum,* razão é que peça só razão, justo é que peça só justiça. Sobre este pressuposto vos hei de arguir, vos hei de argumentar, e confio tanto da vossa razão e da vossa benignidade, que também vos hei de convencer. Se chegar a me queixar de vós, e acusar as dilações de vossa justiça ou as desatenções de vossa misericórdia: – *Quare obdormis, quare obliviscaris?* – não será esta vez a primeira em que sofrestes semelhantes excessos a quem advoga por vossa causa. As custas de toda a demanda, também vós, Senhor, as haveis de pagar, porque me há de dar vossa mesma graça as razões com que vos hei de arguir, a eficácia com que vos hei de apertar, e todas as armas com que vos hei de render. E se para isto não bastam os merecimentos da causa, suprirão os da Virgem Santíssima, em cuja ajuda principalmente confio. *Ave Maria.*

II

Exurge, quare obdormis, Domine? Querer argumentar com Deus, e convencê-lo com razões, não só dificultoso assunto parece, mas empresa declaradamente impossível, sobre arrojada temeridade. *O homo, tu qui es, qui respondeas Deo? Nunquid dicit figmentum ei qui se finxit: Quid me fecisti sic?* (Rom. 9:20) Homem atrevido – diz São Paulo – homem temerário, quem és tu, para que te ponhas a altercar com Deus? Porventura o barro que está na roda e entre as mãos do oficial põe-se às razões com ele e diz-lhe: por que me fazes assim? Pois, se tu és barro, homem mortal, se te formaram as mãos de Deus da matéria vil da terra, como dizes ao mesmo Deus: *Quare, quare?* Como te atreves a argumentar com a Sabedoria divina, como pedes razão à sua providência do que te faz ou deixa de fazer: *Quare obdormis? Quare faciem tuam avertis?* Venera suas permissões, reverencia e adora seus ocultos juízos, encolhe os ombros com humildade a seus decretos soberanos, e farás o que te ensina a fé e o que deves à criatura. Assim o fazemos, assim o confessamos; assim o protestamos diante de vossa majestade infinita, imenso Deus, incompreensível bondade: *Justus es, Domine, et rectum judicium tuum*[20]. Por mais que nós não saibamos entender vossas obras, por mais que não possamos alcançar vossos conselhos, sempre sois justo, sempre sois santo, sempre sois infinita bondade, e ainda nos maiores rigores de vossa justiça, nunca chegais com a severidade do castigo onde nossas culpas merecem.

Se as razões e argumentos da nossa causa as houvéramos de fundar em merecimentos próprios,

---

20. "Tu és justo, Senhor, e é reto o teu juízo." (Sl 118:137)

temeridade fora grande, antes impiedade manifesta, querer-vos arguir. Mas nós, Senhor, como protestava o vosso profeta Daniel: *Neque enim in justificationibus nostris prosternimus preces ante faciam tuam, sed in miserationibus tuis multis*[21]. Os requerimentos e razões deles, que humildemente presentamos ante vosso divino conspecto[22], as apelações ou embargos que entrepomos à execução e continuação dos castigos que padecemos, de nenhum modo os fundamos na presunção de nossa justiça, mas todos na multidão de vossas misericórdias: *In miserationibus tuis multis.* Argumentamos, sim, mas de vós para vós; apelamos, mas de Deus para Deus: de Deus justo para Deus misericordioso. E como do peito, Senhor, vos hão de sair todas as setas, mal poderão ofender vossa bondade. Mas porque a dor, quando é grande, sempre arrasta o afeto, e o acerto das palavras é descrédito da mesma dor, para que o justo sentimento dos males presentes não passe os limites sagrados de quem fala diante de Deus e com Deus, em tudo o que me atrever a dizer, seguirei as pisadas sólidas dos que em semelhantes ocasiões, guiados por vosso mesmo espírito, oraram e exoraram[23] vossa piedade.

Quando o povo de Israel no deserto cometeu aquele gravíssimo pecado de idolatria, adorando o ouro das suas joias na imagem bruta de um bezerro, revelou Deus o caso a Moisés, que com ele estava, e acrescentou irado e resoluto que daquela vez havia de acabar para sempre com uma gente tão ingrata, e que a todos

---

21. "Não fazemos estas deprecações fundados em alguns merecimentos da nossa justiça, mas sim na multidão das tuas misericórdias." (Dn 9:18)

22. Conspecto: presença.

23. Exorar: implorar.

havia de assolar e consumir, sem que ficasse rasto[24] de tal geração: *Dimitte me, ut irascatur furor meus contra eos, et deleam eos*[25]. Não lhe sofreu porém o coração ao bom Moisés ouvir falar em destruição e assolação do seu povo: põe-se em campo, opõe-se à ira divina, e começa a arrazoar assim: *Cur Domine, irascitur furor tuus contra populum tuum (Êx 32:11)*? E bem, Senhor, por que razão se indigna tanto a vossa ira contra o vosso povo? Por que razão, Moisés? E ainda vós quereis mais justificada razão de Deus? Acaba de vos dizer que está o povo idolatrando, que está adorando um animal bruto, que está negando a divindade ao mesmo Deus, e dando-a a uma estátua muda, que acabaram de fazer suas mãos, e atribuindo-lhe a ela a liberdade e triunfo com que os livrou do cativeiro do Egito, e sobre tudo isto ainda perguntais a Deus por que razão se agasta: *Cur irascitur furor tuus?* Sim, e com muito prudente zelo. Porque, ainda que da parte do povo havia muito grandes razões de ser castigado, da parte de Deus era maior a razão que havia de o não castigar: *Ne quaeso* – dá a razão Moisés – *ne quaeso dicant Aegyptii: Callide eduxit eos, ut interficeret in montibus, et deleret e terra*[26]. Olhai, Senhor, que porão mácula os egípcios em vosso ser, e quando menos em vossa verdade e bondade. Dirão que cautelosamente e à falsa fé nos trouxestes a este deserto, para aqui nos tirardes a vida a todos, e nos sepultardes. E com esta opinião divulgada e assentada entre eles, qual será o abatimento de vosso santo nome,

---

24. Rasto: rastro, sinal.

25. "Deixa que se acenda o furor da minha indignação contra eles, e que eu os consuma." (Êx 32:10)

26. "Não permitas, te rogo, que digam os egípcios: Ele os tirou do Egito astutamente para matar nos montes, e para os extinguir da terra." (Êx 32:12)

que tão respeitado e exaltado deixastes no mesmo Egito, com tantas e tão prodigiosas maravilhas do vosso poder? Convém, logo, para conservar o crédito, dissimular o castigo, e não dar com ele ocasião àqueles gentios e aos outros, em cujas terras estamos, ao que dirão: *Ne quaeso dicant.* Desta maneira arrazoou Moisés em favor do povo, e ficou tão convencido Deus da força deste argumento, que no mesmo ponto revogou a sentença, e, conforme o texto hebreu, não só se arrependeu da execução, senão ainda do pensamento: *Et paenituit Dominus mali quod cogitaverat facere populo suo* (Êx 32:14): E arrependeu-se o Senhor do pensamento e da imaginação que tivera de castigar o seu povo.

Muita razão tenho eu logo, Deus meu, de esperar que haveis de sair deste sermão arrependido, pois sois o mesmo que éreis, e não menos amigo agora, que nos tempos passados, de vosso nome: *Propter nomen tuum.* Moisés disse-vos: *Ne quaeso dicant.* Olhai, Senhor, que dirão. E eu digo, e devo dizer: Olhai, Senhor, que já dizem. Já dizem os hereges insolentes, com os sucessos prósperos que vós lhes dais ou permitis, já dizem que porque a sua, que eles chamam religião, é a verdadeira, por isso Deus os ajuda, e vencem; e porque a nossa é errada e falsa, por isso nos desfavorece, e somos vencidos. Assim o dizem, assim o pregam, e ainda mal porque não faltará quem o creia. Pois, é possível, Senhor, que hão de ser vossas permissões argumentos contra vossa fé? É possível que se hão de ocasionar de nossos castigos blasfêmias contra vosso nome? Que diga o herege – o que treme de o pronunciar a língua – que diga o herege que Deus está holandês? Oh! não permitais tal, Deus meu, não permitais tal, por quem sois. Não o digo por nós, que pouco ia em que nos castigásseis; não o digo pelo Brasil, que pouco ia em que o destruísseis; por vós o digo, e pela honra do vosso santíssimo nome, que tão imprudentemente se vê blasfemado: *Propter nomem tuum*. Já que o pérfido calvinista, dos sucessos que só lhe merecem nossos pecados, faz argumento da religião, e se jacta insolente e blasfemo de ser a sua a verdadeira, veja ele na roda dessa mesma fortuna, que o desvanece[27], de que parte está a verdade. Os ventos e tempestades, que descompõem e derrotam as nossas armadas, derrotem e desbaratem as suas; as doenças e pestes, que diminuem e enfraquecem os nossos exércitos, escalem as suas muralhas e despovoem os seus presídios; os conselhos que, quando vós quereis castigar, se corrompem, em nós sejam alumiados, e neles enfatuados e confusos. Mude a vitória as insígnias, desafrontem-se as cruzes católicas, triunfem as vossas chagas[28] nas nossas bandeiras, e conheça humilhada e desenganada a perfídia, que só a fé romana que professamos é fé, e só ela a verdadeira e a vossa.

Mas ainda há mais quem diga: *Ne quaeso dicant Aegyptii*. Olhai Senhor, que vivemos entre gentios, uns que o são, outros que o foram ontem. E estes, que dirão? Que dirá o tapuia[29] bárbaro, sem conhecimento de Deus? Que dirá o índio inconstante, a quem falta a pia afeição da nossa fé? Que dirá o etíope boçal[30], que apenas foi molhado com a água do batismo, sem mais doutrina? Não há dúvida de que todos estes, como não têm capacidade para sondar o profundo de vossos juízos, beberão

---

27. Desvanece: envaidece.

28. Chagas: ferida aberta.

29. *Tapuia*: denominação dada pelos portugueses a indígena dos grupos que não falavam línguas do tronco tupi e que habitavam no interior do país.

30. *Negro boçal*: o negro africano que mal fala português.

o erro pelos olhos. Dirão, pelos efeitos que veem, que a nossa fé é falsa, e a dos holandeses, a verdadeira, e crerão que são mais cristãos, sendo como eles. A seita do herege torpe e brutal concorda mais com a brutalidade do bárbaro: a largueza e soltura de vida, que foi a origem e é o fomento da heresia, casa-se mais com os costumes depravados e corrupção do gentilismo; e que pagão haverá que se converta à fé que lhe pregamos, ou que novo cristão já convertido, que se não perverta, entendendo e persuadindo-se uns e outros que no herege é premiada a sua lei, e no católico se castiga a nossa? Pois, se estes são os efeitos, posto que não pretendidos, de vosso rigor e castigo justamente começado em nós, por que se ateia e passa com tanto dano aos que não são cúmplices nas nossas culpas: *Cur irascitur furor tuus?* Por que continua sem estes reparos o que vós mesmos chamastes furor, e por que não acabais já de embainhar a espada de vossa ira?

Se tão gravemente ofendido do povo hebreu por um *que dirão* dos egípcios, lhe perdoastes; o que dizem os hereges e o que dirão os gentios não será bastante motivo para que vossa rigorosa mão suspenda o castigo e perdoe também os nossos pecados, pois, ainda que grandes, são menores? Os hebreus adoraram o ídolo, faltaram à fé, deixaram o culto do verdadeiro Deus, chamaram deus e deuses a um bezerro, e nós, por mercê de vossa bondade infinita, tão longe estamos e estivemos sempre de menor defeito ou escrúpulo nesta parte, que muitos deixaram a pátria, a casa, a fazenda, e ainda a mulher e os filhos, e passam em suma miséria desterrados, só por não viver nem comunicar com homens que se separaram da vossa Igreja. Pois, Senhor meu e Deus meu, se por vosso amor e por vossa fé, ainda sem perigo de a perder ou arriscar, fazem tais finezas os portugueses: *Quare obliviscéris inópiae nostrae et tribulatiónis nostrae?* Por que vos esqueceis de tão religiosas misérias, de tão católicas tribulações? Como é possível que se ponha Vossa Majestade irada contra estes fidelíssimos servos, e favoreça a parte dos infiéis, dos excomungados, dos ímpios?

Oh, como nos podemos queixar neste passo, como se queixava lastimado Jó, quando despojado dos sabeus e caldeus, se viu, como nós nos vemos, no extremo da opressão e miséria: *Nunquid bonum tibi videtur, si calumniéris me, et ópprimas me opus manuum tuarum, et consílium impiórum ádjuves?*[31] Parece-vos bem, Senhor, parece-vos bem isto? Que a mim, que sou vosso servo, me oprimais e aflijais? E aos ímpios, aos inimigos vossos os favoreçais e ajudeis? Parece-vos bem que sejam eles os prosperados e assistidos de vossa Providência, e nós os deixados de vossa mão, nós os esquecidos de vossa memória, nós o exemplo de vossos rigores, nós o despojo[32] de vossa ira? Tão pouco é desterrar-nos por vós, e deixar tudo? Tão pouco é padecer trabalhos, pobrezas e os desprezos que elas trazem consigo, por vosso amor? Já a fé não tem merecimento? Já a piedade não tem valor? Já a perseverança não vos agrada? Pois, se há tanta diferença entre nós, ainda que maus, e aqueles pérfidos, por que os ajudais a eles, e nos desfavoreceis a nós? *Nunquid bonum tibi videtur?* A vós, que sois a mesma bondade, parece-vos bem isto?

---

31. "Porventura parece-te bem caluniares-me e oprimires-me a mim que sou obra das tuas mãos, e favoreces o desígnio dos ímpios?" (Jó 10:3)

32. *Despojo*: aquilo que sobra, restos.

III

Considerai, Deus meu, e perdoai-me se falo inconsideradamente. Considerai a quem tirais as terras do Brasil, e a quem as dais. Tirais estas terras aos portugueses, a quem nos princípios as destes, e bastava dizer a quem as destes, para perigar o crédito de vosso nome, que não podem dar nome de liberal mercês com arrependimento[33]. Para que nos disse S. Paulo, que vós, Senhor, quando dais, não vos arrependeis: *Sine poenitentia enim sunt dona Dei*[34]? Mas, deixado isto a parte, tirais estas terras àqueles mesmos portugueses, a quem escolhestes, entre todas as nações do mundo para conquistadores da vossa fé, e a quem destes por armas, como insígnia e divisa singular, vossas próprias chagas[35]. E será bem, supremo Senhor e Governador do universo, que às sagradas quinas de Portugal[36], e às armas e chagas de Cristo, sucedam as heréticas listas de Holanda, rebeldes a seu rei e a Deus? Será bem que estas se vejam tremular ao vento vitoriosas, e aquelas abatidas, arrastadas e ignominiosamente rendidas? *Et quid facies magno nomini tuo* (Js 7,9)? E que fareis – como dizia Josué – ou que será feito de vosso glorioso nome em casos de tanta afronta?

Tirais também o Brasil aos portugueses, que assim estas terras vastíssimas, como as remotíssimas do Oriente, as conquistaram à custa de tantas vidas

---

33. Frase retorcida e elíptica de Vieira: *que mercês (favores) com arrependimento não podem dar nome de crédito liberal.*

34. "Porque os dons de Deus são imutáveis." (Rom 11,29)

35. Vossas próprias chagas: as chagas de Cristo estariam representadas nos escudetes azuis das armas de Portugal.

36. Quinas de Portugal: grupo dos cinco escudetes das armas de Portugal.

e tanto sangue, mais por dilatar vosso nome e vossa fé[37] – que esse era o zelo daqueles cristianíssimos reis – que por amplificar e estender seu império. Assim fostes servido que entrássemos nestes novos mundos tão honrada e tão gloriosamente, e assim permitis que saiamos agora – quem tal imaginara de vossa bondade – com tanta afronta e ignomínia. Oh! como receio que não falte quem diga o que diziam os egípcios: *Callide eduxit eos, ut interficeret et deleret e terra*[38]. Que a larga mão com que nos destes tantos domínios e reinos não foram mercês de vossa liberalidade, senão cautela e dissimulação de vossa ira, para aqui fora, e longe de nossa pátria, nos matardes, nos destruirdes, nos acabardes de todo. Se esta havia de ser a paga e o fruto de nossos trabalhos, para que foi o trabalhar, para que foi o servir, para que foi o derramar tanto e tão ilustre sangue nestas conquistas? Para que abrimos os mares nunca dantes navegados[39]? Para que descobrimos as regiões e os climas não conhecidos? Para que contrastamos os ventos e as tempestades com tanto arrojo, que apenas há baixio no oceano[40], que não esteja infamado com

---

37. Dilatar vosso nome e vossa fé: trata-se de uma paráfrase de Camões (c.1524-1580), em *Os Lusíadas* (1572), na segunda estrofe do canto I: *E também as memórias gloriosas/ Daqueles reis que foram dilatando/ A Fé, o Império, e as terras viciosas/ De África e de Ásia andaram devastando...* Vale notar que Vieira altera Camões. Para Camões a dilatação de Fé e Império se equivalem. Já Vieira, militante da contrarreforma, trata de valorizar a dilatação da Fé católica em detrimento do Império.

38. "Eles os tirou do Egito astutamente para os matar e para os extinguir da terra." (Êx 32,12)

39. Mares nunca dantes navegados: Camões de novo, primeira estrofe do canto I: *As armas e os barões assinalados,/ Que, da ocidental praia lusitana,/ Por mares nunca de antes navegados...*

40. ...que apenas há baixio no oceano: que quase não há baixio no oceano...

miserabilíssimos naufrágios de portugueses? E depois de tantos perigos, depois de tantas desgraças, depois de tantas e tão lastimosas mortes, ou nas praias desertas sem sepultura, ou sepultados nas entranhas dos alarves[41], das feras, dos peixes, que as terras que assim ganhamos as hajamos de perder assim? Oh, quanto melhor nos fora nunca conseguir nem intentar tais empresas!

Mais santo que nós era Josué, menos apurada tinha a paciência, e contudo, em ocasião semelhante, não falou – falando convosco – por diferente linguagem. Depois de os filhos de Israel passarem às terras ultramarinas do Jordão, como nós a estas, avançou parte do exército a dar assalto à cidade de Hai, a qual nos ecos do nome já parece que trazia o prognóstico do infeliz sucesso que os israelitas nela tiveram, porque foram rotos e desbaratados, posto que com menos mortos e feridos do que nós por cá costumamos. E que faria Josué à vista desta desgraça? Rasga as vestiduras imperiais, lança-se por terra, começa a clamar ao céu: *Heu, Domine Deus, quid voluisti traducere populum istum Jordanem fluvium, ut traderes nos in manus Amorrhaei* (Js 7:7)? Deus meu e Senhor meu, que é isto? Para que nos mandastes passar o Jordão, e nos metestes de posse destas terras, se aqui nos havíeis de entregar nas mãos dos amorreus, e perder-nos? *Utinam mansissemus trans Jordanem!* Oh! nunca nós passáramos tal rio! – Assim se queixava Josué a Deus, e assim nos podemos nós queixar, e com muito maior razão que ele. Se este havia de ser o fim de nossas navegações, se estas fortunas nos esperavam nas terras conquistadas: *Utinam mansissemus trans Jordanem!* Prouvera a vossa divina Majestade

---

41. Alarve: rústico, grosseiro; daí, canibais.

que nunca saíramos de Portugal, nem fiáramos nossas vidas às ondas e aos ventos, nem conhecêramos ou puséramos os pés em terras estranhas. Ganhá-las para as não lograr desgraça foi, e não ventura; possuí-las para as perder, castigo foi de vossa ira, Senhor, e não mercê nem favor de vossa liberalidade. Se determináveis dar estas mesmas terras aos piratas de Holanda, por que lhas não destes enquanto eram agrestes e incultas, senão agora? Tantos serviços vos tem feito esta gente pervertida e apóstata, que nos mandastes primeiro cá por seus aposentadores[42], para lhes lavrarmos as terras, para lhes edificarmos as cidades, e, depois de cultivadas e enriquecidas, lhas entregardes? Assim se hão de lograr os hereges e inimigos da fé dos trabalhos portugueses e dos suores católicos? *En queis consevimus agros*[43]: eis aqui para quem trabalhamos há tantos anos! Mas, pois vós, Senhor, o quereis e ordenais assim, fazei o que fordes servido. Entregai aos holandeses o Brasil, entregai-lhes as Índias, entregai-lhes as Espanhas (que não são menos perigosas as consequências do Brasil perdido), entregai-lhes quanto temos e possuímos (como já lhes entregastes tanta parte), ponde em suas mãos o mundo, e a nós, aos portugueses e espanhóis, deixai-nos, repudiai-nos, desfazei-nos, acabai-nos. Mas só digo e lembro a Vossa Majestade, Senhor, que estes mesmos, que agora desfavoreceis e lançais de vós, pode ser que os queirais algum dia, e que os não tenhais.

Não me atrevera a falar assim, se não tirara as palavras da boca de Jó que, como tão lastimado, não é muito entre[44] muitas vezes nesta tragédia. Queixava-se

---

42. Aposentadores: hospedeiros, aqueles que distribuem aposentos.

43. Paráfrase de Virgílio, célebre poeta romano, feita por Vieira.

44. ...não é muito entre muitas vezes: não espanta que venha a entrar muitas vezes.

o exemplo da paciência a Deus (que nos quer Deus sofridos, mas não insensíveis) queixava-se do tesão[45] de suas penas, demandando e altercando porque se lhe não havia de remitir e afrouxar um pouco o rigor delas, e como a todas as réplicas e instâncias o Senhor se mostrasse inexorável, quando já não teve mais que dizer, concluiu assim: *Ecce nunc in pulvere dormiam, et si mane me quaesieris, non subsistam* (Jó 7:21): Já que não quereis, Senhor, desistir ou moderar o tormento, já que não quereis senão continuar o rigor, e chegar com ele ao cabo, seja muito embora, matai-me, consumi-me, enterrai-me: *Ecce nunc in pulvere dormiam*. Mas só vos digo e vos lembro uma coisa, que se me buscardes amanhã, que me não haveis de achar: *Et si mane me quaesieris, non subsistam*. Tereis aos sabeus, tereis aos caldeus, que sejam o roubo e o açoite de vossa casa, mas não achareis a um Jó que a sirva, não achareis a um Jó que a venere, não achareis a um Jó que, ainda com suas chagas, a não desautorize. O mesmo digo eu, Senhor, que não é muito rompa nos mesmos afetos, quem se vê no mesmo estado. Abrasai, destruí, consumi-nos a todos; mas pode ser que algum dia queirais espanhóis e portugueses, e que os não acheis. Holanda vos dará os apostólicos conquistadores, que levem pelo mundo os estandartes da cruz; Holanda vos dará os pregadores evangélicos, que semeiem nas terras dos bárbaros a doutrina católica e a reguem com o próprio sangue; Holanda defenderá a verdade de vossos Sacramentos e a autoridade da Igreja Romana; Holanda edificará templos, Holanda levantará altares, Holanda consagrará sacerdotes e oferecerá o sacrifício de vosso Santíssimo Corpo; Holanda, enfim, vos servirá e venerará tão

---

45. Tesão: intensidade, sem conotação sexual.

religiosamente, como em Amsterdão, Medelburgo e Flisinga[46], e em todas as outras colônias daquele frio e alagado inferno, se está fazendo todos os dias.

IV

Bem vejo que me podeis dizer, Senhor, que a propagação de vossa fé e as obras de vossa glória não dependem de nós, nem de ninguém, e que sois poderoso, quando faltem homens, para fazer das pedras filhos de Abraão. Mas também a vossa sabedoria e a experiência de todos os séculos nos têm ensinado que depois de Adão não criastes homens de novo, que vos servis dos que tendes neste mundo, e que nunca admitis os menos bons, senão em falta dos melhores. Assim o fizestes na parábola do banquete. Mandastes chamar os convidados que tínheis escolhido, e porque eles se escusaram e não quiseram vir, então admitistes os cegos e mancos, e os introduzistes em seu lugar: *Caecos et claudos introduc huc*[47]. Se esta é, Deus meu, a regular disposição de vossa Providência divina, como a vemos agora tão trocada em nós, e tão diferente conosco? Quais foram estes convidados, e quais são estes cegos e mancos? Os convidados somos nós, a quem primeiro chamastes para estas terras, e nelas nos pusestes a mesa tão franca e abundante, como de vossa grandeza se podia esperar. Os cegos e mancos são os luteranos e os calvinistas, cegos sem fé e mancos sem obras, na reprovação das quais consiste o principal erro da sua heresia. Pois, se

---

46. Amsterdão (antiga grafia de Amsterdam), Medelburgo e Flisinga são cidades holandesas.

47. "Traze-me cá os cegos e os coxos." (Lc 14:21)

nós, que somos os convidados, não nos escusamos nem duvidamos de vir, antes rompemos por muitos inconvenientes, em que pudéramos duvidar, se viemos e nos assentamos à mesa, como nos excluis agora, e lançais fora dela, e introduzis violentamente os cegos e mancos, e dais os nossos lugares ao herege? Quando em tudo o mais foram eles tão bons como nós, ou nós tão maus como eles, por que nos não há de valer pelo menos o privilégio e prerrogativa da fé? Em tudo parece, Senhor, que trocais os estilos de vossa providência e mudais as leis de vossa justiça conosco.

Aquelas dez virgens do nosso evangelho, todas se renderam ao sono, todas adormeceram, todas foram iguais no mesmo descuido: *Dormitaverunt omnes, et dormierunt*[48]. E, contudo, a cinco delas passou-lhes o esposo por este defeito, e só porque conservaram as lâmpadas acesas, mereceram entrar às bodas, de que as outras foram excluídas. Se assim é, Senhor meu, se assim o julgastes (que vós sois aquele esposo divino), por que não nos vale a nós também conservar as lâmpadas da fé acesas, que no herege estão tão apagadas e tão mortas? É possível que haveis de abrir as portas a quem traz as lâmpadas apagadas, e que as haveis de fechar a quem as tem acesas? Reparai, Senhor, que não é autoridade do vosso divino tribunal, que saiam dele no mesmo caso duas sentenças tão encontradas. Se às que deixaram apagar as lâmpadas se disse: *Nescio vos*[49], se para elas se fecharam as portas: *Clausa est janua*[50]; quem merece ouvir de vossa boca um *nescio vos* tre-

---

48. "Começaram a toscanejar todas, e assim vieram a dormir." (Mt 25:5)

49. "Não vos conheço." (Mt 25:12).

50. "Fechou-se a porta." (Mt 25:10).

mendo, senão o herege que vos não conhece? E a quem deveis dar com a porta nos olhos, senão ao herege, que os tem tão cegos? Mas eu vejo que nem esta cegueira, nem este desconhecimento, tão merecedores de vosso rigor, lhes retarda o progresso de suas fortunas, antes a passo largo se vêm chegando a nós suas armas vitoriosas, e cedo nos baterão às portas desta vossa cidade.

Desta vossa cidade, disse, mas não sei se o nome do Salvador, com que a honrastes, a salvará e defenderá, como já outra vez não defendeu; nem sei se estas nossas deprecações, posto que tão repetidas e continuadas, acharão acesso a vosso conspecto divino, pois há tantos anos que está bradando ao céu a nossa justa dor, sem vossa clemência dar ouvidos a nossos clamores. Se acaso for assim – o que vós não permitais – e está determinado em vosso secreto juízo que entrem os hereges na Bahia, o que só vos represento humildemente, e muito deveras, é que, antes da execução da sentença, repareis bem, Senhor, no que vos pode suceder depois, e que o consulteis com vosso coração enquanto é tempo, porque melhor será arrepender agora, que quando o mal passado não tenha remédio. Bem estais na intenção e alusão com que digo isto, e na razão, fundada em vós mesmo, que tenho para o dizer. Também antes do dilúvio estáveis vós mui colérico e irado contra os homens, e por mais que Noé orava em todos aqueles cem anos, nunca houve remédio para que se aplacasse vossa ira. Romperam-se enfim as cataratas do céu, cresceu o mar até os cumes dos montes, alagou-se o mundo todo: já estaria satisfeita vossa justiça, senão quando ao terceiro dia começaram a boiar os corpos mortos, e a surgir e aparecer em multidão infinita aquelas figuras pálidas, e então se representou sobre as ondas a mais triste e funesta tragédia que nunca viram os anjos, que homens que a vissem, não os havia. Vistes vós também (como se o vísseis de novo) aquele lastimosíssimo espetáculo, e posto que não chorastes, porque ainda não tínheis olhos capazes de lágrimas, enterneceram-se porém as entranhas de vossa divindade, com tão intrínseca dor: *Tactus dolore cordis intrinsecus*[51], que do modo que em vós cabe arrependimento, vos arrependestes do que tínheis feito ao mundo; e foi tão inteira a vossa contrição, que não só tivestes pesar do passado, senão propósito firme de nunca mais o fazer: *Nequaquam ultra maledicam terrae propter homines*[52].

Este sois, Senhor, este sois; e pois sois este, não vos tomeis com vosso coração. Para que é fazer agora valentias contra ele, se o seu sentimento e o vosso as há de pagar depois? Já que as execuções de vossa justiça custam arrependimento à vossa bondade, vede o que fazeis antes que o façais; não vos aconteça outra. E para que o vejais com cores humanas, que já vos não são estranhas, dai-me licença que eu vos represente primeiro ao vivo as lástimas e misérias deste futuro dilúvio, e se esta representação vos não enternecer, e tiverdes entranhas para o ver sem grande dor, executai-o embora.

Finjamos pois (o que até fingido e imaginado faz horror), finjamos que vem a Bahia e o resto do Brasil a mãos dos holandeses: que é o que há de suceder em tal caso? Entrarão por esta cidade com fúria de vencedores e de hereges; não perdoarão a estado, a sexo nem a idade; com os fios dos mesmos alfanjes[53] medirão a todos.

---

51. "Tocado interiormente de dor." (Gn 6,6)

52. "Não amaldiçoarei mais a terra por causa dos homens." (Gn 8,21)

53. Alfanje: sabre de lâmina curta e larga.

Chorarão as mulheres, vendo que se não guarda decoro à sua modéstia; chorarão os velhos, vendo que se não guarda respeito às suas cãs; chorarão os nobres, vendo que se não guarda cortesia à sua qualidade; chorarão os religiosos e veneráveis sacerdotes, vendo que até as coroas sagradas os não defendem; chorarão, finalmente, todos, e entre todos mais lastimosamente os inocentes, porque nem a estes perdoará (como em outras ocasiões não perdoou) a desumanidade herética. Sei eu, Senhor, que só por amor dos inocentes dissestes vós alguma hora que não era bem castigar a Nínive. Mas não sei que tempos nem que desgraça é esta nossa, que até a mesma inocência vos não abranda. Pois também a vós, Senhor, vos há de alcançar parte do castigo – que é o que mais sente a piedade cristã – também a vós há de chegar.

Entrarão os hereges nesta igreja e nas outras; arrebatarão esta custódia[54] em que agora estais adorado dos anjos; tomarão os cálices e vasos sagrados, e aplicá-los-ão a suas nefandas embriaguezes. Derrubarão dos altares os vultos e estátuas dos santos, deformá-las-ão a cutiladas, e metê-las-ão no fogo, e não perdoarão as mãos furiosas e sacrílegas nem as imagens tremendas de Cristo crucificado, nem as da Virgem Maria. Não me admiro tanto, Senhor, de que hajais de consentir semelhantes agravos e afrontas nas vossas imagens, pois já as permitistes em vosso sacratíssimo corpo; mas nas da Virgem Maria, nas de vossa santíssima mãe, não sei como isto pode estar com a piedade e amor de filho. No Monte Calvário esteve esta senhora sempre ao pé da cruz, e com serem aqueles algozes tão descorteses e cruéis, nenhum se atreveu a lhe tocar nem a lhe perder

---

54. Custódia: receptáculo, em geral de ouro ou de prata, no qual se deposita a hóstia para expô-la à adoração dos fiéis; ostensório.

o respeito. Assim foi e assim havia de ser, porque assim o tínheis vós prometido pelo profeta: *Flagellum non apropinquabit tabernaculo tuo*[55]. Pois, Filho da Virgem Maria, se tanto cuidado tivestes então do respeito e decoro de vossa mãe, como consentis agora que se lhe façam tantos desacatos? Nem me digais, Senhor, que lá era a pessoa, cá a imagem. Imagem somente da mesma virgem era a Arca do Testamento, e só porque Oza a quis tocar, lhe tirastes a vida. Pois, se então havia tanto rigor para quem ofendia a imagem de Maria, por que o não há também agora? Bastava então qualquer dos outros desacatos às coisas sagradas, para uma severíssima demonstração vossa, ainda milagrosa. Se a Jeroboão, porque levantou a mão para um profeta, se lhe secou logo o braço milagrosamente, como aos hereges, depois de se atreverem a afrontar vossos santos, lhes ficam ainda braços para outros delitos? Se a Baltasar, por beber pelos vasos do templo, em que não se consagrava vosso sangue, o privastes da vida e do reino, por que vivem os hereges, que convertem vossos cálices a usos profanos? Já não há três dedos que escrevam sentença de morte contra sacrílegos?[56]

Enfim, Senhor, despojados assim os templos, e derrubados os altares, acabar-se-á no Brasil a cristandade católica, acabar-se-á o culto divino, nascerá erva nas igrejas como nos campos, não haverá quem entre nelas. Passará um dia de Natal, e não haverá memória de vosso nascimento; passará a Quaresma e a Semana Santa, e não se celebrarão os mistérios de vossa Paixão. Chorarão

---

55. "O flagelo não aproximará à tua tenda." (Sl 90:10)

56. Segundo a Bíblia (Dn 5), Baltazar, rei da Babilônia, e seus convivas viram uma mão traçar uma inscrição que profetizaria a morte do rei e o fim do reino.

as pedras das ruas, como diz Jeremias que choravam as de Jerusalém destruída: *Viae Sion lugent, eo quod non sint qui veniant ad solemnitatem*[57]. Ver-se-ão ermas e solitárias, e que as não pisa a devoção dos fiéis, como costumava em semelhantes dias. Não haverá missas, nem altares, nem sacerdotes que as digam; morrerão os católicos sem confissão nem sacramentos; pregar-se-ão heresias nestes mesmos púlpitos, e, em lugar de São Jerônimo e Santo Agostinho, ouvir-se-ão e alegar-se-ão neles os infames nomes de Calvino e Lutero; beberão a falsa doutrina os inocentes que ficarem, relíquias[58] dos portugueses, e chegaremos a estado, que, se perguntarem aos filhos e netos dos que aqui estão: menino, de que seita sois? Um responderá: eu sou calvinista. Outro: eu sou luterano.

Pois isto se há de sofrer, Deus meu? Quando quisestes entregar vossas ovelhas a São Pedro, examinaste-lo três vezes se vos amava: *Diligis me, diligis me, diligis me* (Jo 21:15 s)? E agora as entregais desta maneira, não a pastores, senão aos lobos? Sois o mesmo, ou sois outro? Aos hereges o vosso rebanho? Aos hereges as almas? Como tenho dito e nomeei almas, não vos quero dizer mais. Já sei, Senhor, que vos haveis de enternecer e arrepender, e que não haveis de ter coração para ver tais lástimas e tais estragos. E se assim é (que assim o estão prometendo vossas entranhas piedosíssimas), se é que há de haver dor, se é que há de haver arrependimento depois, cessem as iras, cessem as execuções agora, que não é justo vos contente antes o de que vos há de pesar em algum tempo.

---

57. "As ruas de Sião choram, porque não há quem venha às solenidades." (Lm 1:4)

58. Relíquias: sobras, restos.

Muito honrastes, Senhor, ao homem na criação do mundo, formando-o com vossas próprias mãos, informando-o e animando-o com vosso próprio alento, e imprimindo nele o caráter de vossa imagem e semelhança. Mas parece que logo, desde aquele mesmo dia, vos não contentastes dele, porque de todas as outras coisas que criastes, diz a Escritura que vos pareceram bem: *Vidit Deus quod esset bonum*[59] – e só do homem o não diz. Na admiração desta misteriosa reticência andou desde então suspenso e vacilando o juízo humano, não podendo penetrar qual fosse a causa por que, agradando-vos com tão pública demonstração todas as vossas obras, só do homem, que era a mais perfeita de todas, não mostrásseis agrado. Finalmente, passados mais de mil e setecentos anos, a mesma Escritura, que tinha calado aquele mistério, nos declarou que vós estáveis arrependido de ter criado o homem: *Poenituit eum quod hominem fecisset in terra*[60] – e que vós mesmo dissestes que vos pesava: *Poenitet me fecisse eos*[61] – e então ficou patente e manifesto a todos o segredo que tantos tempos tínheis ocultado. E vós, Senhor, dizeis que vos pesa e que estais arrependido de ter criado o homem, pois essa é a causa por que logo, desde o princípio de sua criação vos não agradastes dele nem quisestes que se dissesse que vos parecera bem, julgando, como era razão, por coisa muito alheia de vossa sabedoria e providência, que em nenhum tempo vos agradasse nem parecesse bem aquilo de que depois vos havíeis de arrepender e ter pesar de ter feito: *Poenitet me fecisse.*

---

59. "E viu Deus que isto era bom." (Gn 1:10)

60. "Pesou-lhe de ter criado o homem na terra." (Gn 6:6).

61. "Porque me pesa de os ter feito." (Gn 6:7).

Sendo, pois, esta a condição verdadeiramente divina, e a altíssima razão de estado de vossa Providência, não haver jamais agrado do que há de haver arrependimento, e sendo também certo, nas piedosíssimas entranhas de vossa misericórdia, que se permitirdes agora as lástimas, as misérias, os estragos que tenho representado, é força que vos há de pesar depois e vos haveis de arrepender, arrependei-vos, misericordioso Deus, enquanto estamos em tempo, ponde em nós os olhos de vossa piedade, ide à mão à vossa irritada justiça, quebre vosso amor as setas de vossa ira, e não permitais tantos danos, e tão irreparáveis. Isto é o que vos pedem, tantas vezes prostradas diante de vosso divino acatamento, estas almas tão fielmente católicas, em nome seu e de todas as deste estado. E não vos fazem esta humilde deprecação pelas perdas temporais, de que cedem, e as podeis executar neles por outras vias, mas pela perda espiritual eterna de tantas almas, pelas injúrias de vossos templos e altares, pela exterminação do sacrossanto sacrifício de vosso corpo e sangue, e pela ausência insofrível, pela ausência e saudades desse Santíssimo Sacramento[62], que não sabemos quanto tempo teremos presente.

V

Chegado a este ponto, de que não sei nem se pode passar, parece-me que nos está dizendo vossa divina e humana bondade, Senhor, que o fizéreis assim facilmente, e vos deixaríeis persuadir e convencer destas nossas

---

62. Santíssimo sacramento exposto: a custódia em que fica a hóstia; a hóstia consagrada.

razões, senão que está clamando, por outra parte, vossa divina justiça, e, como sois igualmente justo e misericordioso, que não podeis deixar de castigar, sendo os pecados do Brasil tantos e tão grandes. Confesso, Deus meu, que assim é, e todos confessamos que somos grandíssimos pecadores. Mas tão longe estou de me aquietar com esta resposta, que antes estes mesmos pecados, muitos e grandes, são um novo e poderoso motivo, dado por vós mesmo, para mais convencer vossa bondade.

A maior força dos meus argumentos não consistiu em outro fundamento até agora que no crédito, na honra e na glória de vosso santíssimo nome: *Propter nomen tuum*. E que motivo posso eu oferecer mais glorioso ao mesmo nome, que serem muitos e grandes os nossos pecados? *Propter nomen tuum, Domine, propitiaberis peccato meo: multum est enim* (Sl 24, 11): Por amor de vosso nome, Senhor, estou certo – dizia Davi – que me haveis de perdoar meus pecados, porque não são quaisquer pecados, senão muitos e grandes: *Multum est enim*. Oh motivo digno só do peito de Deus! Oh consequência, que só na suma bondade pode ser forçosa! De maneira que, para lhe serem perdoados seus pecados, alegou um pecador a Deus que são muitos e grandes? Sim, e não por amor do pecador, nem por amor dos pecados, senão por amor da honra e glória do mesmo Deus, a qual, quanto mais e maiores são os pecados que perdoa, tanto maior é, e mais engrandece e exalta seu santíssimo nome: *Propter nomen tuum, Domine, propitiaberis peccato meo: multum est enim*. O mesmo Davi distingue na misericórdia de Deus grandeza e multidão; a grandeza: *Secundum magnam misericordiam tuam;* a multidão: *Et secundum multitudinem miserationum* *tuarum*⁶³. E como a grandeza da misericórdia divina é imensa, e a multidão de suas misericórdias infinitas, e o imenso não se pode medir, nem o infinito contar, para que uma e outra, de algum modo, tenha proporcionada matéria de glória, importa à mesma grandeza da misericórdia que os pecados sejam grandes, e à mesma multidão das misericórdias que sejam muitos: *multum est enim*. Razão tenho eu logo, Senhor, de me não render à razão de serem muitos e grandes nossos pecados. E razão tenho também de instar em vos pedir a razão por que não desistis de os castigar: *Quare obdormis? Quare faciem tuam avertis? Quare obliviscéris inopiae nostrae et tribulationis nostrae*⁶⁴?

Esta mesma razão vos pediu Jó, quando disse: *Cur non tollis peccatum meum, et quare non aufers iniquitatem meam*⁶⁵? E posto que não faltou um grande intérprete de vossas Escrituras que arguisse por vossa parte, enfim se deu por vencido, e confessou que tinha razão Jó em vo-la pedir: *Criminis in loco Deo impingis, quod ejus, qui deliquit, non miseretur?* – diz São Cirilo Alexandrino⁶⁶. Basta, Jó, que criminais e acusais a Deus de que castiga vossos pecados? Nas mesmas palavras confessais que cometestes pecados e maldades, e com as mesmas palavras pedis razão a Deus porque as castiga? Isto é dar a razão, e mais pedi-la. Os pecados e maldades,

---

63. "Segundo a tua grande misericórdia, e segundo as muitas mostras da tua clemência." (Sl 50:3).

64. "Por que dormes? Por que apartas teu rosto? Por que te esqueces da nossa miséria e da nossa tribulação?" (Sl 43:23s)

65. "Por que não me tiras o meu pecado, e por que não apagas a minha iniquidade?" (Jó 7:21)

66. São Cirilo Alexandrino: patriarca de Alexandria e doutor da Igreja (Alexandria, c. 380-id., 444).

que não ocultais, são a razão do castigo: pois, se dais a razão, por que a pedis? Porque ainda que Deus, para castigar os pecados, tem a razão de sua justiça, para os perdoar e desistir do castigo, tem outra razão maior, que é a da sua glória: *Qui enim misereri consuevit, et non vulgarem in eo gloriam habet, ob quam causam mei non misèretur?* Pede razão Jó a Deus, e tem muita razão de a pedir – responde por ele o mesmo santo que o arguiu – porque se é condição de Deus usar de misericórdia, e é grande e não vulgar a glória que adquire em perdoar pecados, que razão tem, ou pode dar bastante, de os não perdoar? O mesmo Jó tinha já declarado a força deste seu argumento nas palavras antecedentes, com energia para Deus muito forte: *Peccavi, quid faciam tibi*[67]*?* Como se dissera: Se eu fiz, Senhor, como homem em pecar, que razão tendes vós para não fazer como Deus em me perdoar? Ainda disse e quis dizer mais: *Peccavi, quid faciam tibi?* Pequei, que mais vos posso fazer? E que fizestes vós, Jó, a Deus em pecar? Não lhe fiz pouco, porque lhe dei ocasião a me perdoar, e, perdoando-me, ganhar muita glória. Eu dever-lhe-ei a ele, como a causa, a graça que me fizer, e ele dever-me-á a mim, como a ocasião, a glória que alcançar.[68]

---

[67]. "Pequei, que te farei eu?" (Jó 7:20)

[68]. A disposição barroca e contrarreformista celebra as contingências da carne e do pecado como oportunidade para a revelação da maior glória divina. Procedimento análogo encontra-se no poeta baiano e contemporâneo de Vieira, Gregório de Matos Guerra, em célebre soneto: Pequei, Senhor, mas não porque hei pecado,/ Da vossa piedade me despido,/ Porque quanto mais tenho delinquido,/ Vos tenho a perdoar mais empenhado// Se basta a vos irar tanto um pecado,/ A abrandar-vos sobeja um só gemido,/ que a mesma culpa, que vos há ofendido,/ vos tem para o perdão lisonjeado. // Se uma ovelha perdida, e já cobrada/ Glória tal, e prazer tão repentino/ Vos deu, como afirmais na sacra história:/// Eu sou, Senhor, a ovelha desgarrada/ Cobrai-a, e não queirais, Pastor divino,/ Perder na vossa ovelha a vossa glória.

E se é assim, Senhor, sem licença nem encarecimento, se é assim, misericordioso Deus, que em perdoar pecados se aumenta a vossa glória, que é o fim de todas vossas ações, não digais que nos não perdoais porque são muitos e grandes os nossos pecados, que antes, porque são muitos e grandes, deveis dar essa grande glória à grandeza e multidão de vossas misericórdias. Perdoando-nos e tendo piedade de nós, é que haveis de ostentar a soberania de vossa majestade, e não castigando-nos, em que mais se abate vosso poder, do que se acredita. Vede-o neste último castigo, em que, contra toda a esperança do mundo e de tempo, fizestes que se derrotasse a nossa armada, a maior que nunca passou a Equinocial[69]. Pudestes, Senhor, derrotá-la, e que grande glória foi de vossa onipotência poder o que pode o vento? *Contra folium, quod vento rapitur; ostendis potentiam*[70]. Desplantar uma nação, como nos ides desplantando, e plantar outra, também é poder que vós cometestes a um homenzinho de Anatot[71]: *Ecce constitui te super gentes et super regna, ut evellas, et destruas, et disperdas, et dissipes, et aedifices, et plantes*[72]. O em que se manifesta a majestade, a grandeza e a glória de vossa infinita onipotência, é em perdoar e usar de misericórdia: *Qui omnipotentiam tuam, parcendo maxime, et miserando, manifestas*. Em castigar, venceis-nos a nós, que somos criaturas fracas, mas em

---

69. *Equinocial*: a linha do Equador.

70. "Contra uma folha, que é arrebatada ao vento, ostentas o teu poder." (Jó 13:25)

71. *Anatot*: cidade da deusa Anat, situada na Palestina, entre Macmas e Jerusalém. Era a terra do profeta Jeremias.

72. "Eis aí te constituí sobre as gentes e sobre os reinos, para arrancares e destruíres, e para arruinares e dissipares, e edificares e plantares." (Jr 1:10)

perdoar, venceis-vos a vós mesmo, que sois todo-poderoso e infinito. Só esta vitória é digna de vós, porque só vossa justiça pode pelejar com armas iguais contra vossa misericórdia; e, sendo infinito o vencido, infinita fica a glória do vencedor. Perdoai, pois, benigníssimo Senhor, por esta grande glória vossa: *Propter magnam gloriam tuam:* perdoai por esta glória imensa de vosso santíssimo nome: *Propter nomen tuum.*

E se acaso ainda reclama vossa divina justiça, por certo não já misericordioso, senão justíssimo Deus, que também a mesma justiça se pudera dar por satisfeita com os rigores e castigos de tantos anos. Não sois vós, enquanto justo, aquele justo juiz de quem canta o vosso profeta: *Deus, judex justus, fortis et patiens, nunquid irascitur per singulos dies*[73]*?* Pois se a vossa ira, ainda como de justo juiz, não é de todos os dias, nem de muitos, por que se não dará por satisfeita com rigores de anos, e tantos anos? Sei eu, legislador supremo, que nos casos de ira, posto que justificada, nos manda vossa santíssima lei que não passe de um dia, e que, antes de se pôr o sol, tenhamos perdoado: *Sol non occidat super iracundiam vestram*[74]. Pois, se da fraqueza humana, e tão sensitiva, espera tal moderação nos agravos vossa mesma lei, e lhe manda que perdoe e se aplaque em termo tão breve e tão preciso, vós que sois Deus infinito, e tendes um coração tão dilatado como vossa mesma imensidade, e em matéria de perdão vos propondes aos homens por exemplo, como é possível que os rigores de vossa ira se não abrandem em tantos anos, e que se

---

73. "Deus, juiz justo, forte e paciente, ira-se acaso todos os dias?" (Sl 7:12)

74. "Não se ponha o sol sobre a vossa ira." (Ef 4:26)

ponha e torne a nascer o sol tantas e tantas vezes, vendo sempre desembainhada e correndo sangue a espada de vossa vingança? Sol de justiça, cuidei eu que vos chamavam as Escrituras (Ml 4:2), porque, ainda quando mais fogoso e ardente, dentro do breve espaço de doze horas passava o rigor de vossos raios; mas não o dirá assim este sol material que nos alumia e rodeia, pois há tantos dias e tantos anos que, passando duas vezes sobre nós de um trópico a outro, sempre vos vê irado.

Já vos não alego, Senhor, com o que dirá a terra e os homens, mas com o que dirá o céu e o mesmo sol. Quando Josué mandou parar o sol, as palavras da língua hebraica em que lhe falou foram não que parasse, senão que se calasse: *Sol, tace contra Gabaon*[75]. Calar mandou ao sol o valente capitão, porque aqueles resplendores amortecidos, com que se ia sepultar no ocaso, eram umas línguas mudas, com que o mesmo sol o murmurava de demasiadamente vingativo; eram umas vozes altíssimas, com que desde o céu lhe lembrava a lei de Deus, e lhe pregava que não podia continuar a vingança, pois ele se ia meter no Ocidente: *Sol non occidat super iracundiam vestram.* E se Deus, como autor da mesma lei, ordenou que o sol parasse, e aquele dia – o maior que viu o mundo – excedesse os termos da natureza por muitas horas, e fosse o maior, foi para que, concordando a justa lei com a justa vingança, nem por uma parte se deixasse de executar o rigor do castigo, nem por outra se dispensasse no rigor do preceito. Castigue-se o gabaonita, pois é justo castigá-lo, mas esteja o sol parado até que se acabe o castigo, para que a ira, posto que justa, do vencedor, não passe os limites de um dia.

---

75. "Sol detém-se sobre Gabaon." (Js 10:12)

Pois, se este é, Senhor, o termo prescrito de vossa lei, se fazeis milagres, e tais milagres, para que ela se conserve inteira, e se Josué manda calar e emudecer o sol, por que se não queixe e dê vozes contra a continuação de sua ira, que quereis que diga o mesmo sol não parado nem emudecido? Que quereis que diga a lua e as estrelas, já cansadas de ver nossas misérias? Que quereis que digam todos esses céus criados, não para apregoar vossas justiças, senão para cantar vossas glórias: *Caeli enarrant gloriam Dei*[76]?

Finalmente, benigníssimo Jesus, verdadeiro Josué e verdadeiro sol, seja o epílogo e conclusão de todas as nossas razões o vosso mesmo nome: *Propter nomen tuum.* Se o sol estranha a Josué rigores de mais de um dia, e Josué manda calar o sol por que lhos não estranhe, como pode estranhar vossa divina justiça que useis conosco de misericórdia, depois da execução de tantos e tão rigorosos castigos, continuados não por um dia ou muitos dias de doze horas, senão por tantos e tão compridos anos, que cedo serão doze? Se sois Jesus, que quer dizer Salvador, sede Jesus e sede Salvador nosso. Se sois sol, e sol de justiça, antes que se ponha o deste dia, deponde os rigores da vossa. Deixai já o signo rigoroso de Leão, e dai um passo ao signo de Virgem, signo propício e benéfico. Recebei influências humanas de quem recebestes a humanidade. Perdoai-nos, Senhor, pelos merecimentos da Virgem Santíssima. Perdoai-nos por seus rogos, ou perdoai-nos por seus impérios, que se como criatura vos pede por nós o perdão, como Mãe vos pode mandar, e vos manda que nos perdoeis. Perdoai-nos, enfim, para que a vosso exemplo perdoemos, e

---

76. "Os céus publicam a glória de Deus." (Sl 18:1).

perdoai-nos também a exemplo nosso, que todos, desde esta hora, perdoamos a todos por vosso amor: *Dimitte nobis debita nostra, sicut et nos dimittimus debitoribus nostris. Amen*[77].

---

77. "Perdoa-nos as nossas dívidas, assim como nós também perdoamos aos nossos devedores." (Mt 6:12)

Sermão do Bom Ladrão

Pregado na Igreja da Misericórdia de Lisboa,
ano de 1655.

Domine, memento mei, cum veneris in Regnum tuum: Hodie mecum eris in Paradiso[1].

I

Este sermão, que hoje se prega na Misericórdia de Lisboa, e não se prega na Capela Real, parecia-me a mim, que lá se havia de pregar e não aqui. Daquela pauta[2] havia de ser e não desta. E por quê? Porque o texto em que se funda o mesmo sermão, todo pertence à majestade daquele lugar e nada à piedade deste. Uma das coisas que diz o texto é que foram sentenciados em Jerusalém dois ladrões, e ambos condenados, ambos executados, ambos crucificados e mortos, sem lhes valer procurador, nem embargos. Permite isto a Misericórdia de Lisboa? Não. A primeira diligência que faz é eleger por procurador das Cadeias um irmão de grande autoridade, poder e indústria; e o primeiro timbre deste procurador é fazer honra de que nenhum malfeitor seja justiçado[3] em seu tempo. Logo esta parte da história não pertence à Misericórdia de Lisboa.

---

1. "E dizia Jesus: Senhor, lembra-te de mim, quando entrares no teu reino. E Jesus disse-lhe: Em verdade te digo: Hoje estarás comigo no paraíso." (Lc 23:42-43)

2. Pauta: lista de assuntos, no caso, assuntos referentes ao paço real.

3. Justiçado: sofra suplício corporal ou pena de morte.

A outra parte (que é a que tomei por tema) toda pertence ao Paço[4] e à Capela Real. Nela se fala com o rei: *Domine*: nela se trata do seu reino: *cum veneris in Regnum tuum*: nela se lhe apresentam memoriais: *memento mei*: e nela os despacha o mesmo rei logo, e sem remissão a outros tribunais: *hodie mecum eris in Paradiso*. O que me podia retrair de pregar sobre esta matéria era não dizer a doutrina com o lugar. Mas deste escrúpulo, em que muitos pregadores não reparam, me livrou a pregação de Jonas. Não pregou Jonas no paço, senão pelas ruas de Nínive[5], cidade de mais longe que esta nossa; e diz o texto sagrado que logo a sua pregação chegou aos ouvidos do rei: *Pervenit verbum ad Regem*[6] *(2Jn 3:6)*. Bem quisera eu que o que hoje determino pregar chegara a todos os reis, e mais ainda aos estrangeiros que aos nossos. Todos devem imitar ao rei dos reis; e todos têm muito que aprender nesta última ação de sua vida. Pediu o Bom Ladrão a Cristo que se lembrasse dele no seu reino: *Domine, memento mei, cum veneris in Regnum tuum*. E a lembrança que o senhor teve dele foi que ambos se vissem juntos no paraíso: *Hodie mecum eris in Paradiso*. Esta é a lembrança que devem ter todos os reis, e a que eu quisera lhes persuadissem os que são ouvidos de mais perto. Que se lembrem não só de levar os ladrões ao paraíso, senão de os levar consigo: *Mecum*. Nem os reis podem ir ao paraíso sem levar consigo os ladrões, nem os ladrões podem ir ao inferno sem levar consigo os reis. Isto é o que hei de pregar. Ave Maria.

---

4. Paço: habitação da realeza, palácio.

5. Nínive: cidade da Ásia antiga, capital da Assíria, às margens do Tigre.

6. "E chegou esta nova ao rei de Nínive."

II

Levarem os reis consigo ao paraíso os ladrões, não só não é companhia indecente, mas ação tão gloriosa e verdadeiramente real, que com ela coroou e provou o mesmo Cristo a verdade do seu reinado, tanto que admitiu na cruz o título de rei. Mas o que vemos praticar em todos os reinos do mundo é tanto pelo contrário, que em vez de os reis levarem consigo os ladrões ao paraíso, os ladrões são os que levam consigo os reis ao inferno. E se isto é assim, como logo mostrarei com evidência, ninguém me pode estranhar a clareza, ou publicidade com que falo, e falarei em matéria que envolve tão soberanos respeitos; antes admirar o silêncio e condenar a desatenção com que os pregadores dissimulam uma tão necessária doutrina, sendo a que devera ser mais ouvida e declamada nos púlpitos. Seja, pois, novo hoje o assunto, que devera ser mui antigo e mui frequente, o qual eu prosseguirei tanto com maior esperança de produzir algum fruto quanto vejo enobrecido o auditório presente com a autoridade de tantos ministros de todos os maiores tribunais, sobre cujo conselho e consciência se costumam descarregar as dos reis.

III

E para que um discurso tão importante e tão grave vá assentado sobre fundamentos sólidos e irrefragáveis, suponho primeiramente que sem restituição do alheio não pode haver salvação. Assim o resolvem com S. Tomás[7]

---

7. São Tomás de Aquino: teólogo italiano, ensinou principalmente em Paris. O essencial de seu pensamento encontra-se na *Suma Teológica*, em que se encontra uma ambiciosa conciliação entre aristotelismo e dogmas cristãos, razão e fé.

todos os teólogos: e assim está definido no capítulo *Sires aliena*, com palavras tiradas de Santo Agostinho, que são estas: *Sires aliena propter quam peccatum est, reddi potest, et non redditur, paenitentia non agitur, sed simulatur. Si autem veraciter agitur, non remittitur peccatum, nisi restituatur ablatum, si, ut dixi, restitui potest.* Quer dizer: se o alheio que se tomou ou retém, se pode restituir e não se restitui, a penitência deste e dos outros pecados não é verdadeira penitência, senão simulada e fingida, porque se não perdoa o pecado sem se restituir o roubado, quando quem o roubou tem possibilidade de o restituir. Esta única exceção da regra foi a felicidade do Bom Ladrão, e esta a razão por que ele se salvou, e também o Mau se pudera salvar sem restituírem. Como ambos saíram do naufrágio desta vida despidos, e pegados a um pau, só esta sua extrema pobreza os podia absolver dos latrocínios que tinham cometido, porque, impossibilitados à restituição, ficavam desobrigados dela. Porém se o Bom Ladrão tivera bens com que restituir, ou em todo, ou em parte o que roubou, toda a sua fé e toda a sua penitência tão celebrada dos santos, não bastara a o salvar, se não restituísse. Duas coisas lhe faltavam a este venturoso homem para se salvar, uma como ladrão que tinha sido, outra como cristão que começava a ser. Como ladrão que tinha sido, faltava-lhe com que restituir: como cristão que começava a ser, faltava-lhe o batismo, mas assim como o sangue que derramou na cruz lhe supriu o batismo, assim a sua desnudez e a sua impossibilidade lhe supriu a restituição, e por isso se salvou. Vejam agora, de caminho, os que roubaram na vida; e nem na vida, nem na morte restituíram, antes na morte testaram de muitos bens, e deixaram grossas heranças a seus sucessores; vejam aonde irão, ou terão ido suas almas, e se se podiam salvar.

Era tão rigoroso este preceito da restituição na lei velha, que se o que furtou não tinha com que restituir mandava Deus que fosse vendido, e restituísse com o preço de si mesmo: *Si non habuerit quod pro furto reddat, ipse venundabitur*[8] *(Êx 22:3)*. De modo que enquanto um homem era seu, e possuidor da sua liberdade, posto que não tivesse outra coisa, até que não vendesse a própria pessoa, e restituísse o que podia com o preço de si mesmo, não o julgava a lei por impossibilitado à restituição, nem o desobrigava dela. Que uma tal lei fosse justa, não se pode duvidar, porque era lei de Deus, posto que o mesmo Deus na lei da graça derrogou esta circunstância de rigor, que era de direito positivo; porém na lei natural, que é indispensável, e manda restituir a quem pode, e tem com que, tão fora esteve de variar ou moderar coisa alguma, que nem o mesmo Cristo na cruz prometeria o paraíso ao Ladrão, em tal caso, sem que primeiro restituísse. Ponhamos outro Ladrão à vista deste, e vejamos admiravelmente no juízo do mesmo Cristo a diferença de um caso a outro.

Assim como Cristo, Senhor nosso, disse a Dimas: *Hodie mecum eris in Paradiso*: Hoje serás comigo no paraíso, assim disse a Zaqueu: *Hodie salus domui huic facta est*[9] *(Lc 19:9)*: hoje entrou a salvação nesta tua casa. Mas o que muito se deve notar é que a Dimas prometeu-lhe o Senhor a salvação logo, e a Zaqueu não logo, senão muito depois. E por que, se ambos eram ladrões, e ambos convertidos? Porque Dimas era ladrão

---

8. "Não tiver com que pague o furto, será vendido ele mesmo."
9. "Hoje entrou a salvação nesta casa."

pobre, e não tinha com que restituir o que roubara; Zaqueu era ladrão rico, e tinha muito com que restituir: *Zacheus princeps erat publicanorum, et ipse divis*[10], diz o Evangelista. E ainda que ele o não dissera, o estado de um e outro ladrão o declarava assaz. Por quê? Porque Dimas era ladrão condenado e, se ele fora rico, claro está que não havia de chegar à forca. Até aqui porém Zaqueu era ladrão tolerado, e a sua mesma riqueza era a imunidade que tinha para roubar sem castigo, e ainda sem culpa. E como Dimas era ladrão pobre, e não tinha com que restituir, também não tinha impedimento a sua salvação, e por isso Cristo lha concedeu no mesmo momento. Pelo contrário; Zaqueu como era ladrão rico, e tinha muito com que restituir, não lhe podia Cristo segurar a salvação antes que restituísse, e por isso lhe dilatou a promessa. A mesma narração do evangelho é a melhor prova desta diferença.

Conhecia Zaqueu a Cristo só por fama, e desejava muito vê-lo. Passou o Senhor pela terra, e como era pequeno de estatura, e o concurso muito, sem reparar na autoridade da pessoa e do ofício: *Princeps Publicanorum*, subiu-se a uma árvore para o ver, e não só viu, mas foi visto, e muito bem visto. Pôs nele o Senhor aqueles divinos olhos, chamou-o pelo seu nome, e disse-lhe que se descesse logo da árvore, porque lhe importava ser seu hóspede naquele dia: *Zachee festinans descende, quia hodie in domo tua oportet me manere*[11]. Entrou, pois, o Salvador em casa de Zaqueu, e aqui parece que cabia bem o dizer-lhe que então entrara a salvação em sua casa; mas nem isto, nem outra palavra disse o

---

10. "Zaqueus era o chefe dos publicanos, e rico." (Lc 19:2)

11. "Zaqueu, desce depressa, porque convém que eu fique." (Lc 19:6)

Senhor. Recebeu-o Zaqueu, e festejou a sua vinda com todas as demonstrações de alegria: *Excepit illum gaudens*; e guardou o Senhor o mesmo silêncio. Assentou-se à mesa abundante de iguarias, e muito mais de boa vontade, que é o melhor prato para Cristo, e prosseguiu na mesma suspensão. Sobre tudo disse Zaqueu que ele dava aos pobres a metade de todos seus bens: *Ecce dimidium bonorum meorum do pauperibus*. E sendo o Senhor aquele que no dia do Juízo só aos merecimentos da esmola há de premiar com o reino do céu, quem não havia de cuidar que a este grande ato de liberalidade com os pobres responderia logo a promessa da salvação? Mas nem aqui mereceu ouvir Zaqueu o que depois lhe disse Cristo. Pois, Senhor, se vossa piedade e verdade tem dito tantas vezes, que o que se faz aos pobres se faz a vós mesmo, e este homem na vossa pessoa vos está servindo com tantos obséquios, e na dos pobres com tantos empenhos: se vos convidastes a ser seu hóspede para o salvar, e a sua salvação é a importância que vos trouxe a sua casa: se o chamastes, e acudiu com tanta diligência: se lhe dissestes que se apressasse: *Festinans descende*, e ele se não deteve um momento; por que lhe dilatais tanto a mesma graça, que lhe desejais fazer, por que o não acabais de absolver, porque lhe não segurais a salvação? Porque este mesmo Zaqueu, como cabeça de publicanos[12]: *Princeps publicanorum*, tinha roubado a muitos; e como rico que era: *Et ipse dives*, tinha com que restituir o que roubara; e enquanto estava devedor, e não restituía o alheio, por mais boas obras que fizesse, nem o mesmo Cristo o podia absolver; e por mais fazenda que despendesse piamente, nem o mesmo Cristo o

---

12. *Publicano*: cobrador de impostos no Império Romano.

podia salvar. Todas as outras obras que, depois daquela venturosa vista, fazia Zaqueu eram muito louváveis; mas enquanto não chegava a fazer a da restituição, não estava capaz da salvação. Restitua e logo será salvo; e assim foi. Acrescentou Zaqueu, que tudo o que tinha mal adquirido restituía em quatro dobros: *Et si quid aliquem defraudavi, reddo quadruplum*[13]. E no mesmo ponto o Senhor, que até ali tinha calado, desfechou os tesouros de sua graça, e lhe anunciou a salvação: *Hodie salus domui huic facta est*. De sorte que ainda que entrou o Salvador em casa de Zaqueu, a salvação ficou de fora; porque enquanto não saiu da mesma casa a restituição, não podia entrar nela a salvação. A salvação não pode entrar sem se perdoar o pecado, e o pecado não se pode perdoar sem se restituir o roubado. *Non dimittitur Peccatum, nisi restituatur oblatum.*

IV

Suposta esta primeira verdade, certa e infalível; a segunda coisa que suponho com a mesma certeza é que a restituição do alheio sob pena da salvação não só obriga aos súditos e particulares, senão também aos cetros e às coroas. Cuidam, ou devem cuidar alguns príncipes, que assim como são superiores a todos, assim são senhores de tudo, e é engano. A lei da restituição é Lei Natural e Lei Divina. Enquanto Lei Natural obriga aos reis, porque a natureza fez iguais a todos; e enquanto Lei Divina, também os obriga, porque Deus, que os fez maiores que os outros, é maior que eles. Esta verdade

---

13. "E naquilo que eu tiver defraldado alguém, pagar-lho-ei no quádruplo." (Lc 19:8)

só tem contra si a prática e o uso. Mas por parte deste mesmo uso argumenta assim S. Tomás, o qual é hoje o meu Doutor, e nestas matérias o de maior autoridade: *Terrarum Principes multa a suis subditis violenter extorquent: quod videtur ad rationem rapinae pertinere: grave autem videtur dicere, quod in hoc peccent: quia sic fere omnes Principes damnarentur: Ergo rapina in aliquo casu est licita.* Quer dizer: a rapina, ou roubo, é tomar o alheio violentamente contra vontade de seu dono: os príncipes tomam muitas coisas a seus vassalos violentamente, e contra sua vontade; logo parece que o roubo é lícito em alguns casos, porque, se dissermos que os príncipes pecam nisto, todos eles, ou quase todos se condenariam: *Fere omnes Principes damnarentur*. Oh que terrível e temerosa consequência; e quão digna de que a considerem profundamente os príncipes, e os que têm parte em suas resoluções e conselhos! Responde ao seu argumento o mesmo Doutor Angélico; e posto que não costumo molestar os ouvintes com latins largos, hei de referir as suas próprias palavras: *Dicendum, quod si Principes subditis exigunt quod eis secundum justitiam, debetur propter bonum commune conservandum, etiam si violentia adhibeatur non est rapina. Sivero aliquid Principes indebite extorqueant, rapina est, sicut et latrocinium. Unde ad restitutionem tenentur, sicut et latrones. Et tanto gravius peccant quam latrones, quanto periculosius, et communius contra publicam justitiam agunt, cujus custodes sunt positi.* Respondo (diz S. Tomás) que se os príncipes tiram dos súditos o que segundo justiça lhes é devido para conservação do bem comum, ainda que o executem com violência, não é rapina, ou roubo. Porém se os príncipes tomarem por violência o que se lhes não deve, é rapina e latrocínio.

Donde se segue que estão obrigados à restituição como os ladrões; e que pecam tanto mais gravemente que os mesmos ladrões, quanto é mais perigoso e mais comum o dano com que ofendem a justiça pública, de que eles estão postos por defensores.

Até aqui acerca dos príncipes o Príncipe dos Teólogos. E porque a palavra rapina e latrocínio aplicada a sujeitos da suprema esfera é tão alheia das lisonjas, que estão costumados a ouvir, que parece conter alguma dissonância, escusa tacitamente o seu modo de falar, e prova a sua doutrina o Santo Doutor com dois textos alheios, um divino, do profeta Ezequiel, e outro pouco menos que divino, de Santo Agostinho. O texto de Ezequiel é parte do relatório das culpas, porque Deus castigou tão severamente os dois reinos de Israel e Judá, um com o cativeiro dos assírios, e outro com o dos babilônios; e a causa que dá, e muito pondera, é que os seus príncipes em vez de guardarem os povos como pastores, os roubavam como lobos: *Principes ejus in medio illius, quasi lupi rapientes praedam*[14]. Só dois reis elegeu Deus por si mesmo, que foram Saul e Davi; e a ambos os tirou de pastores, para que, pela experiência dos rebanhos que guardavam, soubessem como haviam de tratar os vassalos; mas seus sucessores por ambição e cobiça degeneraram tanto deste amor e deste cuidado, que em vez de os guardar e apascentar como ovelhas, os roubavam e comiam como lobos: *Quasi lupi rapientes praedam*.

O texto de Santo Agostinho fala geralmente de todos os reinos em que são ordinárias semelhantes opressões e injustiças, e diz: que entre os tais reinos

---

14. "Os seus príncipes, no meio dela, eram como lobos que arrebatam a sua presa." (Ez 22:27)

e as covas dos ladrões (a que o Santo chama latrocínios) só há uma diferença. E qual é? Que os reinos são latrocínios ou ladroeiras grandes, e os latrocínios ou ladroeiras são reinos pequenos: *Sublata justitia, quid sunt Regna, nisi magna latrocinia? Quia et latrocinia quid sunt, nisi parva Regna?* É o que disse o outro pirata a Alexandre Magno[15]. Navegava Alexandre em uma poderosa armada pelo mar Eritreu[16] a conquistar a Índia; e como fosse trazido à sua presença um pirata, que por ali andava roubando os pescadores, repreendeu-o muito Alexandre de andar em tão mau ofício; porém ele, que não era medroso nem lerdo, respondeu assim: Basta, senhor, que eu, porque roubo em uma barca, sou ladrão, e vós, porque roubais em uma armada, sois imperador? Assim é, o roubar pouco é culpa, o roubar muito é grandeza: o roubar com pouco poder faz os piratas, o roubar com muito, os Alexandres. Mas Sêneca, que sabia bem distinguir as qualidades, e interpretar as significações, a uns e outros, definiu com o mesmo nome: *Eodem loco pone latronem, est piratam, quo Regem animum latronis, est piratae habentem.* Se o rei de Macedônia, ou qualquer outro, fizer o que faz o ladrão e o pirata; o ladrão, o pirata e o rei, todos têm o mesmo lugar, e merecem o mesmo nome.

Quando li isto em Sêneca, não me admirei tanto de que um filósofo estoico se atrevesse a escrever uma tal sentença em Roma, reinando nela Nero; o que mais me admirou e quase envergonhou foi que os nossos

---

15. Alexandre Magno: na sua relativamente breve vida (356-323) comandou campanhas militares que lhe deram poder sobre um vasto império, que ia das margens do Mediterrâneo até os confins da Ásia.

16. *Eritreu*: nome dado antigamente ao mar Vermelho, ao oceano Índico e ao golfo Pérsico.

oradores evangélicos, em tempo de príncipes católicos e timoratos, ou para a emenda, ou para a cautela, não preguem a mesma doutrina. Saibam estes eloquentes mudos que mais ofendem os reis com o que calam, que com o que disserem; porque a confiança, com que isto se diz, é sinal que lhes não toca, e que se não podem ofender; e a cautela com que se cala é argumento de que se ofenderão, porque lhes pode tocar. Mas passemos brevemente à terceira e última suposição, que todas três são necessárias para chegarmos ao ponto.

V

Suponho, finalmente, que os ladrões de que fala não são aqueles miseráveis, a quem a pobreza e vileza de sua fortuna condenou a este gênero de vida, porque a mesma sua miséria ou escusa ou alivia o seu pecado, como diz Salomão: *Non grandis est culpa, cum quis furatus fuerit: furatur enim ut esurientem impleat animam*[17]. O ladrão que furta para comer não vai nem leva ao inferno: os que não só vão, mas levam, de que eu trato, são os ladrões de maior calibre e de mais alta esfera, os quais debaixo do mesmo nome e do mesmo predicamento distingue muito bem S. Basílio Magno[18]: *Non est intelligendum fures esse solum bursarum incisores, vel latrocinantes in balneis; sed est qui duces legionum statuti, vel qui, commisso sibi regimine civitatum, aut gentium, hoc quidem furtim tollunt, hoc vero vi, est publice exigunt*: Não são só ladrões, diz o

---

17. "Não é grande a culpa, quando alguém furta, se furta para matar a fome." (Pr 6:30)

18. *S. Basílio Magno*: patriarca da Igreja grega (329-379), bispo de Cesareia.

santo, os que cortam bolsas, ou espreitam os que se vão banhar, para lhes colher a roupa; os ladrões que mais própria e dignamente merecem este título são aqueles a quem os reis encomendam os exércitos e legiões, ou o governo das províncias, ou a administração das cidades, os quais já com manha, já com força, roubam e despojam os povos. Os outros ladrões roubam um homem, estes roubam cidades e reinos: os outros furtam debaixo do seu risco, estes sem temor, nem perigo: os outros, se furtam, são enforcados, estes furtam e enforcam. Diógenes, que tudo via com mais aguda vista que os outros homens, viu que uma grande tropa de varas[19] e ministros de justiça levavam a enforcar uns ladrões, e começou a bradar: Lá vão os ladrões grandes enforcar os pequenos. Ditosa Grécia, que tinha tal pregador! E mais ditosas as outras nações, se nelas não padecera a justiça as mesmas afrontas. Quantas vezes se viu em Roma ir a enforcar um ladrão por ter furtado um carneiro, e no mesmo dia ser levado em triunfo um cônsul ou ditador por ter roubado uma província! E quantos ladrões teriam enforcado estes mesmos ladrões triunfantes? De um chamado Seronato disse com discreta contraposição Sidônio Apolinar[20]: *Non cessat simul furta, vel punire, vel facere.* Seronato está sempre ocupado em duas coisas: em castigar furtos e em os fazer. Isto não era zelo de justiça, senão inveja. Queria tirar os ladrões do mundo, para roubar ele só.

---

19. *Varas*: antiga insígnia de magistrados e vereadores.

20. Sidônio Apolinar: poeta latino cristão (430-486), bispo de Clermond-Ferrand.

VI

Declarado assim por palavras não minhas, senão de muito bons autores, quão honrados e autorizados sejam os ladrões de que falo, estes são os que disse, e digo que levam consigo os reis ao inferno. Que eles fossem lá sós, e o diabo os levasse a eles, seja muito na má hora, pois assim o querem; mas que hajam de levar consigo os reis, é uma dor, que se não pode sofrer, e por isso nem calar. Mas se os reis tão fora estão de tomar o alheio, que antes eles são os roubados, e os mais roubados de todos, como levam ao inferno consigo estes maus ladrões a estes bons reis? Não por um só, senão por muitos modos, os quais parecem insensíveis e ocultos, e são muito claros e manifestos. O primeiro, porque os reis lhes dão os ofícios e poderes, com que roubam: o segundo, porque os reis os conservam neles: o terceiro, porque os reis os adiantam e promovem a outros maiores: e finalmente porque sendo os reis obrigados, sob pena da salvação, a restituir todos estes danos, nem na vida, nem na morte os restituem. E quem diz isto? Já se sabe que há de ser S. Tomás. Faz questão S. Tomás, se a pessoa que não furtou, nem recebeu, ou possui coisa alguma do furto, pode ter obrigação de o restituir? E não só resolve que sim, mas para maior expressão do que vou dizendo, põe o exemplo nos reis. Vai o texto: *Tenetur ille restituere, qui non obstat, cum obstare teneatur. Sicut Principes, qui tenentur custodire justitiam in terra, si per eorum defectum latrones increscant, ad restitutionem tenentur: quia redditus, quos habent, sunt quasi stipendia ad hoc instituta, ut justitiam conservent in terra.* Aquele, que tem obrigação de impedir que se não furte, se o não impediu, fica obrigado a restituir o que se furtou.

E até os príncipes, que por sua culpa deixarem crescer os ladrões, são obrigados à restituição; porquanto as rendas com que os povos os servem e assistem são como estipêndios instituídos e consignados por eles, para que os príncipes os guardem e mantenham em justiça. É tão natural e tão clara esta teologia, que até Agamênon, rei gentio, a conheceu, quando disse: *Qui non vetat peccare, cum possit, jubet.*

E se nesta obrigação de restituir incorrem os príncipes, pelos furtos que cometem os ladrões casuais e involuntários; que será pelos que eles mesmos, e por própria eleição armaram de jurisdições e poderes com que roubam os mesmos povos? A tenção[21] dos príncipes não é nem pode ser essa; mas basta que esses oficiais, ou de Guerra, ou de Fazenda, ou de Justiça, que cometem os roubos, sejam eleições e feituras suas, para que os príncipes hajam de pagar o que eles fizerem. Ponhamos o exemplo da culpa onde a não pode haver. Pôs Deus a Adão no paraíso com jurisdição e poder sobre todos os viventes, e com senhorio absoluto de todas as coisas criadas, exceto somente uma árvore. Faltavam-lhe poucas letras a Adão para ladrão; e ao fruto para o furto não lhe faltava nenhuma. Enfim, ele e sua mulher (que muitas vezes são as terceiras) aquela só coisa que havia no mundo que não fosse sua, essa roubaram. Já temos a Adão eleito, já o temos com ofício, já o temos ladrão. E quem foi o que pagou o furto? Caso sobre todos admirável! Pagou o furto quem elegeu e quem deu o ofício ao ladrão. Quem elegeu e deu o ofício a Adão foi Deus; e Deus foi o que pagou o furto tanto à sua custa, como sabemos. O mesmo Deus o disse assim,

---

21. Tenção: propósito, intenção.

referindo o muito que lhe custara a satisfação do furto e dos danos dele: *Quae non rapui, tunc exsolvebam*[22]. Vistes o corpo humano de que me vesti, sendo Deus; vistes o muito que padeci; vistes o sangue que derramei; vistes a morte a que fui condenado entre ladrões; pois então, e com tudo isso, pagava o que não furtei: Adão foi o que furtou e eu o que paguei: *Quae non rapui, tunc exsolvebam*. Pois, Senhor meu, que culpa teve vossa Divina Majestade no furto de Adão? Nenhuma culpa tive, nem a tivera ainda que não fora Deus. Porque na eleição daquele homem e no ofício que lhe dei, em tudo procedi com a circunspecção, prudência e providência, com que o devera e deve fazer o príncipe mais atento a suas obrigações, mais considerado e mais justo. Primeiramente, quando o fiz, não foi com império despótico, como as outras criaturas, senão com maduro conselho, e por consulta de pessoas não humanas, senão divinas: *Faciamus hominem ad imaginem, et similitudinem nostram, et praesit*[23]. As partes e qualidades que concorriam no eleito eram as mais adequadas ao ofício que se podiam desejar, nem imaginar; porque era o mais sábio de todos os homens, justo sem vício, reto sem injustiça, e senhor de todas suas paixões, as quais tinha sujeitas e obedientes à razão. Só lhe faltava a experiência, nem houve concurso de outros sujeitos na sua eleição; mas ambas estas coisas não as podia então haver, porque era o primeiro homem e o único. Pois se a vossa eleição, Senhor, foi tão justa e tão justificada, que bastava ser vossa para o ser; porque haveis vós de pagar o furto que ele fez, sendo toda a culpa sua? Porque quero dar

---

22. "Porventura hei de restituir o que não roubei?" (Sl 68:5)

23. "Façamos o homem à nossa imagem e semelhança, e presida (...)" (Gn 1:26)

este exemplo e documento aos príncipes; e porque não convém que fique no mundo uma tão má e perniciosa consequência, como seria se os príncipes se persuadissem, em algum caso, que não eram obrigados a pagar e satisfazer o que seus ministros roubassem.

VII

Mas estou vendo que com este mesmo exemplo de Deus se desculpam, ou podem desculpar, os reis. Porque se a Deus lhe sucedeu tão mal com Adão, conhecendo muito bem Deus o que ele havia de ser, que muito e que suceda o mesmo aos reis com os homens que elegem para os ofícios, se eles não sabem, nem podem saber o que depois farão? A desculpa é aparente, mas tão falsa como malfundada; porque Deus não faz eleição dos homens pelo que sabe que hão de ser, senão pelo que de presente são. Bem sabia Cristo que Judas havia de ser ladrão, mas quando o elegeu para o ofício, em que o foi, não só não era ladrão, mas muito digno de se lhe fiar o cuidado de guardar e distribuir as esmolas dos pobres. Elejam assim os reis as pessoas, e provejam assim os ofícios, e Deus os desobrigará nesta parte da restituição. Porém as eleições e os provimentos que se usam não se fazem assim. Querem saber os reis, se os que proveem[24] nos ofícios são ladrões ou não? Observem a regra de Cristo: *Qui non intrat per ostium, fur est, est latro*[25]. A porta por onde legitimamente se entra ao ofício é só o merecimento; e todo o que não entra

---

24. Proveem: nomear (alguém) para um cargo ou lugar; efetivar o preenchimento de um cargo.

25. "Quem não entra pela porta é ladrão e salteador." (Jo 10:1)

pela porta não só diz Cristo que é ladrão, senão ladrão e ladrão: *Fur est, est latro*. E por que é duas vezes ladrão? Uma vez porque furta o ofício, e outra vez pelo que há de furtar com ele. O que entra pela porta poderá vir a ser ladrão, mas os que não entram por ela já o são. Uns entram pelo parentesco, outros pela amizade, outros pela valia, outros pelo suborno, e todos pela negociação. E quem negocia não há mister outra prova; já se sabe que não vai a perder. Agora será ladrão oculto, mas depois ladrão descoberto, que essa é, como diz São Jerônimo, a diferença de *fur* a *latro*.

Coisa é certo maravilhosa ver a alguns tão introduzidos e tão entrados, não entrando pela porta, nem podendo entrar por ela. Se entraram pelas janelas, como aqueles ladrões de que faz menção Joel: *Per fenestras intrabunt quasi fur*[26], grande desgraça é que sendo as janelas feitas para entrar a luz e o ar, entrem por elas as trevas e os desares[27]. Se entraram minando a casa do pai de famílias[28], como o ladrão da parábola de Cristo: *Si sciret pater familias, qui hora fur veniret, non sineret perfodi domum suam*[29], ainda seria maior desgraça que o sono ou letargo do dono da casa fosse tão pesado que, minando-se-lhe as paredes, não o espertassem os golpes. Mas o que excede toda a admiração é que haja quem, achando a porta fechada, empreenda entrar por cima dos telhados, e o consiga; e mais sem ter pés nem

---

26. "Entrarão pelas janelas, como um ladrão." (Jl 2:9)

27. Desares: descrédito, vexame. Trata-se de jogo verbal com *entrar a luz e o ar*.

28. Pai de famílias: do latim *pater famílias*; o marido em relação à mulher e aos filhos.

29. "Se o pai de família soubesse a hora em que viria o ladrão, não deixaria minar a sua casa." (Lc 12:39)

mãos, quanto mais asas. Estava Cristo senhor nosso curando milagrosamente os enfermos dentro em uma casa, e era tanto o concurso que, não podendo os que levavam um paralítico entrar pela porta, subiram-se com ele ao telhado, e por cima do telhado o introduziram. Ainda é mais admirável a consideração do sujeito, que o modo e o lugar da introdução. Um homem que entrasse por cima dos telhados, quem não havia de julgar que era caído do céu: *Tertius e Coelo cecidit Cato*? E o tal homem era um paralítico, que não tinha pés, nem mãos, nem sentido, nem movimento; mas teve com que pagar a quatro homens, que o tomaram às costas, e o subiram tão alto. E como os que trazem às costas semelhantes sujeitos estão tão pagos deles, que muito é que digam e informem (posto que sejam tão incapazes) que lhe sobejam merecimentos por cima dos telhados. Como não podem alegar façanhas de quem não tem mãos, dizem virtudes e bondades. Dizem que com os seus procedimentos cativa a todos; e como os não havia de cativar se os comprou? Dizem que, fazendo sua obrigação, todos lhe ficam devendo dinheiro; e como lho não hão de dever, se lho tomaram? Deixo os que sobem aos postos pelos cabelos, e não com as forças de Sansão, senão com os favores de Dalila[30]. Deixo os que com voz conhecida de Jacó levam a bênção de Esaú, e não com as luvas calçadas, senão dadas ou prometidas. Deixo os que, sendo mais leprosos que Naaman Siro, se limparam da lepra, e não com as águas do Jordão, senão com as do Rio da Prata. É isto, e o mais que se podia dizer, entrar pela porta? Claro está que não. Pois se nada disto se

---

30. Sansão e Dalila: Sansão era um líder entre os judeus (século XII a. C.) que teria força descomunal devido a sua cabeleira, mas foi seduzido e traído por Dalila, que lhe cortou os cabelos e o deixou indefeso.

faz: *Sicut fur in nocte*[31], senão na face do sol e na luz do meio-dia, como se pode escusar quem ao menos firma os provimentos de que não conhecia serem ladrões os que por estes meios foram providos? Finalmente, ou os conhecia, ou não; se os não conhecia, como os proveu sem os conhecer? E se os conhecia, como os proveu conhecendo-os? Mas vamos aos providos com expresso conhecimento de suas qualidades.

VIII

Dom Fulano (diz a piedade bem-intencionada) é um fidalgo pobre, dê-se-lhe um governo. E quantas impiedades, ou advertidas ou não, se contêm nesta piedade? Se é pobre, deem-lhe uma esmola honestada[32] com o nome de tença[33], e tenha com que viver. Mas porque é pobre, um governo, para que vá desempobrecer à custa dos que governar; e para que vá fazer muitos pobres à conta de tornar muito rico!? Isto quer quem o elege por este motivo. Vamos aos do prêmio, e também aos do castigo. Certo capitão mais antigo tem muitos anos de serviço: deem-lhe uma fortaleza nas Conquistas[34]. Mas se esses anos de serviço assentam sobre um sujeito que os primeiros despojos que tomava na guerra eram a farda e a ração dos seus próprios soldados, despidos e mortos de fome; que há de fazer em Sofala[35] ou em

---

31. "Como um ladrão durante a noite." (1Ts 5:2)

32. Honestada: honrada.

33. Tença: pensão concedida pelo governo ou por instituição particular a alguém para prover-lhe o sustento.

34. Conquistas: nos territórios conquistados pela expansão ultramarina.

35. Sofala: porto em Moçambique.

Mascate[36]? Tal graduado em leis leu com grande aplauso no Paço; porém em duas judicaturas, e uma correição[37], não deu boa conta de si; pois vá degredado para a Índia com uma beca[38]. E se na Beira e no Alentejo, onde não há diamantes, nem rubis, se lhe pegavam as mãos[39] a este doutor, que será na Relação de Goa[40]?

Encomendou el Rei D. João o Terceiro a S. Francisco Xavier o informasse do estado da Índia por via de seu companheiro, que era Mestre do Príncipe: e o que o santo escreveu de lá, sem nomear ofícios, nem pessoas, foi que o verbo *rapio* na Índia se conjugava por todos os modos. A frase parece jocosa em negócio tão sério; mas falou o servo de Deus, como fala Deus, que em uma palavra diz tudo. Nicolau de Lira, sobre aquelas palavras de Daniel: *Nabuchodonosor Rex misit ad congregandos satrapas, Magistratus, et Judices*[41], declarando a etimologia de sátrapas, que eram os governadores das províncias, diz que este nome foi composto de *Sat* e de *Rapio*. *Dicuntur satrapae quasi satis rapientes, quia solent bona inferiorum rapere*. Chamam-se Sátrapas, porque costumam roubar assaz. E este assaz é o que especificou melhor S. Francisco Xavier, dizendo que conjugam o verbo *rapio* por todos os modos.

---

36. Mascate: porto da Arábia, no golfo de Omã.

37. Correição: visita e fiscalização feita por autoridade competente aos estabelecimentos submetidos à sua jurisdição.

38. Beca: ofício, dignidade ou qualidade dos que usam beca.

39. *Pegar-lhe as mãos*: equivalente de molhar a mão, subornar.

40. *Relação de Goa*: antiga denominação de tribunal de justiça de segunda instância, neste caso situado em Goa, que foi território português na costa ocidental da Índia.

41. "Em seguida, o rei Nabucodonosor mandou juntar os sátrapas, os magistrados, os juízes, os capitães, os grandes senhores, os prefeitos e todos os governadores das províncias, para que assistissem à dedicação da estátua, que o rei Nabucodonosor tinha levantado." (Dn 3:2)

O que eu posso acrescentar, pela experiência que tenho, é que não só do Cabo da Boa Esperança para lá, mas também das partes daquém[42], se usa igualmente a mesma conjugação. Conjugam por todos os modos o verbo *rapio*; porque furtam por todos os modos da arte, não falando em outros novos e esquisitos, que não conheceu Donato[43], nem Despautério[44]. Tanto que lá chegam, começam a furtar pelo modo Indicativo, porque a primeira informação que pedem aos práticos é que lhe apontem e mostrem os caminhos por onde podem abarcar tudo. Furtam pelo modo imperativo, porque como têm o mero[45] e misto império, todo ele aplicam despoticamente às execuções da rapina. Furtam pelo modo mandativo, porque aceitam quanto lhes mandam; e para que mandem todos, os que não mandam não são aceitos. Furtam pelo modo optativo, porque desejam quanto lhes parece bem; e gabando as coisas desejadas aos donos delas, por cortesia sem vontade as fazem suas. Furtam pelo modo conjuntivo, porque ajuntam o seu pouco cabedal com o daqueles que manejam muito; e basta só que ajuntem a sua graça, para serem, quando menos, meeiros[46] da ganância. Furtam pelo modo potencial, porque, sem pretexto,

---

42. Das partes daquém: não só de além do Cabo da Boa Esperança, mas também da parte anterior ao Cabo, isto é, não só depois de se transpor o Cabo rumo às Índias, mas também na América, na África ocidental, na Europa...

43. Donato: Élio Donato, gramático latino do século IV, preceptor de S. Jerônimo.

44. Despautério: é o nome aportuguesado de J. van Pauteren (gramático flamengo,1480?-1520), cujos comentários gramaticais eram particularmente confusos e equivocados.

45. Mero: puro, legítimo.

46. Meeiro: que ou aquele que possui a metade de certos bens ou interesses, ou que a eles tem direito.

nem cerimônia usam de potência. Furtam pelo modo permissivo, porque permitem que outros furtem, e estes compram as permissões. Furtam pelo modo infinitivo, porque não tem fim o furtar com o fim do governo, e sempre lá deixam raízes, em que se vão continuando os furtos. Estes mesmos modos conjugam por todas as pessoas; porque a primeira pessoa do verbo é a sua, as segundas os seus criados e as terceiras, quantas para isso têm indústria e consciência. Furtam juntamente por todos os tempos, porque do presente (que é o seu tempo) colhem quanto dá de si o triênio; e para incluírem no presente o pretérito e o futuro, do pretérito desenterram crimes, de que vendem os perdões e dívidas esquecidas, de que se pagam inteiramente; e do futuro empenham as rendas, e antecipam os contratos, com que tudo o caído e não caído lhe vêm a cair nas mãos. Finalmente, nos mesmos tempos não lhes escapam os imperfeitos, perfeitos, *plusquam*[47] perfeitos, e quaisquer outros, porque furtam, furtaram, furtavam, furtariam e haveriam de furtar mais, se mais houvesse. Em suma que o resumo de toda esta rapante conjugação vem a ser o supino do mesmo verbo: a furtar para furtar. E quando eles têm conjugado assim toda a voz ativa, e as miseráveis províncias suportado toda a passiva, eles, como se tiveram feito grandes serviços, tornam carregados de despojos e ricos; e elas ficam roubadas, e consumidas.

É certo que os reis não querem isto, antes mandam em seus regimentos tudo o contrário; mas como as patentes se dão aos gramáticos destas conjugações tão peritos, ou tão cadimos[48] nelas; que outros efeitos se

---

47. Plusquam: mais que, em latim.
48. Cadimo: usual, costumeiro.

podem esperar dos seus governos? Cada patente destas em própria significação vem a ser uma licença geral *in scriptis*, ou um passaporte para furtar. Em Holanda, onde há tantos armadores de corsários, repartem-se as costas da África, da Ásia e da América com tempo limitado, e nenhum pode sair a roubar sem passaporte, a que chamam carta de marca[49]. Isto mesmo valem as provisões, quando se dão aos que eram mais dignos da Marca, que da Carta. Por mar padecem os moradores das Conquistas a pirataria dos corsários estrangeiros, que é contingente; na terra suportam a dos naturais, que é certa e infalível. E se alguém duvida qual seja maior, note a diferença de uns a outros. O pirata do mar não rouba aos da sua república; os da terra roubam os vassalos do mesmo rei, em cujas mãos juraram homenagem: do corsário do mar posso me defender; aos da terra não posso resistir: do corsário do mar posso fugir; dos da terra não me posso esconder: o corsário do mar depende dos ventos; os da terra sempre têm por si a monção[50]: enfim, o corsário do mar pode o que pode, os da terra podem o que querem, e por isso nenhuma presa lhes escapa. Se houvesse um ladrão onipotente, que vos parece que faria a cobiça junta com a onipotência? Pois é o que fazem estes corsários.

---

49. Carta de marca: autorização escrita dada por Estado beligerante para que particulares armem seus navios por sua conta e ataquem o inimigo; carta de corso, licença de corso.

50. Monção: vento periódico de ciclo anual, que sopra principalmente no sudeste da Ásia, alternativamente do mar para a terra e da terra para o mar; daí o sentido figurado de oportunidade, ocasião favorável.

IX

Dos que obram o contrário com singular inteireza de justiça e limpeza de interesse, alguns exemplos temos, posto que poucos. Mas folgara eu saber quantos exemplos há, não digo já dos que fossem justiçados como tão insignes ladrões, mas dos que fossem privados de governo por estes roubos? Pois se eles furtam com os ofícios, e os consentem e conservam nos mesmos ofícios, como não hão de levar consigo ao inferno os que os consentem? O meu S. Tomás o diz, e alega com o texto de S. Paulo: *Digni sunt morte, non solum qui faciunt sed etiam qui consentiunt facientibus*[51]. E porque o rigor deste texto se entende não de qualquer consentidor, senão daqueles que por razão de seu ofício, ou estado, têm obrigação de impedir, faz logo a mesma limitação o Santo Doutor, e põe o exemplo nomeadamente nos príncipes: *Sed solum quando incumbit alicui ex officio sicut Principibus terrae*. Verdadeiramente não sei como não reparam muito os príncipes em matéria de tanta importância, e como os não fazem reparar os que no foro exterior, ou no da alma, têm cargo de descarregar suas consciências. Vejam, uns e outros, como a todos ensinou Cristo, que o ladrão que furta com o ofício, nem um momento se há de consentir ou conservar nele.

Havia um senhor rico, diz o divino mestre, o qual tinha um criado que, com ofício de ecônomo ou administrador, governava as suas herdades. (Tal é o nome no original grego, que responde ao vilico[52] da Vulgata.) Infamado pois o dito administrador de que

---

51. "São dignos de morte; e não somente quem as faz, mas também quem aprova aqueles que as fazem." (Rm 1:32)

52. Vilico da Vulgata: que corresponde ao termo vilico que se encontra na Vulgata, isto é, na versão latina da Bíblia elaborada por São Jerônimo.

se aproveitava da administração, e roubava, tanto que chegou a primeira notícia ao senhor, mandou-o logo vir diante de si, e disse-lhe que desse contas, porque já não havia de exercitar o ofício. Ainda a resolução foi mais apertada; porque não só disse que não havia, senão que não podia: *Jam enim non poteris vilicare*[53].

Não tem palavra esta parábola que não esteja cheia de notáveis doutrinas a nosso propósito. Primeiramente diz que este senhor era um homem rico: *Homo quidam erat dives*. (Lc 16:1) Porque não será homem quem não tiver resolução; nem será rico, por mais herdades que tenha, quem não tiver cuidado, e grande cuidado, de não consentir que lhas governem ladrões. Diz mais, que para privar a este ladrão do ofício, bastou somente a fama sem outras inquirições: *Et hic diffamatus est apud illum*. Porque se em tais casos se houverem de mandar buscar informações à Índia ou ao Brasil, primeiro que elas cheguem, e se lhe ponha remédio, não haverá Brasil, nem Índia. Não se diz, porém, nem se sabe quem fossem os autores, ou delatores desta fama; porque a estes há-lhes de guardar segredo o senhor inviolavelmente, sob pena de não haver quem se atreva a o avisar, temendo justamente a ira dos poderosos. Diz mais, que mandou vir o delatado diante de si: *Et vocavit eum*, porque semelhantes averiguações se se cometem a outros e não as faz o mesmo senhor por sua própria pessoa, com dar o ladrão parte do que roubou, prova que está inocente. Finalmente desengana-o e notifica-lhe que não há de exercitar jamais o ofício, nem pode:

---

53. "Dizia também (Jesus) a seus discípulos: Havia *um homem rico* que tinha um feitor; *e este foi acusado diante dele* de ter dissipado os seus bens. E ele chamou-o e disse: Que é isto que ouço dizer de ti? Dá conta da sua administração; porque *não mais poderás ser (meu) feitor*." (Lc 16:1-2)

Jam enim non poteris villicare; porque nem o ladrão conhecido deve continuar o ofício, em que foi ladrão, nem o senhor, ainda que quisesse, o pode consentir e conservar nele, se não se quer condenar.

Com tudo isto ser assim, eu ainda tenho uns embargos que alegar por parte deste ladrão diante do senhor e autor da mesma parábola, que é Cristo. Provará que nem o furto por sua quantidade, nem a pessoa por seu talento parecem merecedores de privação do ofício para sempre. Este homem, Senhor, posto que cometesse este erro, é um sujeito de grande talento, de grande indústria, de grande entendimento e prudência, como vós mesmo confessastes, e ainda louvastes, que é mais: *Laudavit Dominus, villicum iniquitatis, quia prudenter fecisset*[54]: pois se é homem de tanto préstimo, e tem capacidade e talentos para vos tornardes a servir dele, porque o haveis de privar para sempre do vosso serviço: *Jam enim non poteris villicare?* Suspendei-o agora por alguns meses como se usa, e depois o tornareis a restituir, para que nem vós o percais, nem ele fique perdido. Não, diz Cristo. Uma vez que é ladrão conhecido, não só há de ser suspenso ou privado do ofício *ad tempus*, senão para sempre e para nunca jamais entrar ou poder entrar: *Jam enim non poteris*; porque o uso ou abuso dessas restituições, ainda que parece piedade, é manifesta injustiça. De maneira que em vez de o ladrão restituir o que furtou no ofício, restitui-se o ladrão ao ofício, para que furte ainda mais! Não são essas as restituições pelas quais se perdoa o pecado, senão aquelas por que se condenam os restituídos, e também quem os restitui. Perca-se embora um homem já perdido, e não se percam

---

54. "E o Senhor louvou o feitor, por ter procedido prudentemente." (Lc 16:8)

os muitos que se podem perder e perdem na confiança de semelhantes exemplos.

Suposto que este primeiro artigo dos meus embargos não pegou, passemos a outro. Os furtos deste homem foram tão leves, a quantidade tão limitada que o mesmo texto lhe não dá nome de furtos absolutamente, senão de quase furtos: *Quasi dissipasset bona ipsius*[55]. Pois em um mundo, Senhor, e em um tempo em que se veem tolerados nos ofícios tantos ladrões, e premiados, que é mais, os *plusquam* ladrões, será bem que seja privado do seu ofício, e privado para sempre, um homem que só chegou a ser quase ladrão? Sim, torna a dizer Cristo, para emenda dos mesmos tempos, e para que conheça o mesmo mundo quão errado vai. Assim como nas matérias do sexto mandamento teologicamente não há mínimos, assim os deve não haver politicamente nas matérias do sétimo; porque quem furtou e se desonrou no pouco, muito mais facilmente o fará no muito. E senão vede-os nesse mesmo quase ladrão. Tanto que se viu notificado para não servir o ofício, ainda teve traça para se servir dele e furtar mais do que tinha furtado. Manda chamar muito à pressa os rendeiros, rompe os escritos das dívidas, faz outros de novo com antedatas, a uns diminui a metade, a outros a quinta parte, e por este modo roubando ao tempo os dias, às Escrituras a verdade e ao amo o dinheiro, aquele que só tinha sido quase ladrão, enquanto encartado no ofício, com a opinião que só tinha de o ter, foi mais que ladrão depois.

Aqui acabei de entender a ênfase com que disse a pastora dos Cantares: *Tulerunt pallium meum mihi*[56]

---

55. "Dissipado os seus bens."

56. "Tiraram-me o meu manto."

(Ct 5:7): tomaram-me a minha capa a mim: porque se pode roubar a capa a um homem, tomando-a, não a ele, senão a outrem. Assim o fez a astúcia deste ladrão, que roubou o dinheiro a seu amo, tomando-o, não a ele, senão aos que lho deviam. De sorte que o que dantes era um ladrão, depois foi muitos ladrões, não se contentando de o ser ele só, senão de fazer a outros. Mas vá ele muito embora ao inferno, e vão os outros com ele; e os príncipes imitem ao Senhor, que se livrou de ir também, com o privar do ofício tão prontamente.

X

Esta doutrina em geral, pois é de Cristo, nenhum entendimento cristão haverá que a não venere. Haverá, porém, algum político tão especulativo que a queira limitar a certo gênero de sujeitos, e que funde as exceções no mesmo texto. O sujeito, em que se faz esta execução, chama-lhe o texto vílico; logo em pessoas vis, ou de inferior condição, será bem que se executem estes e semelhantes rigores, e não em outras de diferente suposição, com as quais por sua qualidade, e outras dependências, é lícito e conveniente que os reis dissimulem. Oh como está o inferno cheio dos que com estas, e outras interpretações, por adularem os grandes e os supremos, não reparam em os condenar! Mas para que não creiam a aduladores, creiam a Deus e ouçam. Revelou Deus a Josué que se tinha cometido um furto nos despojos de Jericó[57], depois de lho ter bem custosamente significado com o infeliz sucesso do seu

---

57. Jericó: cidade da Jordânia, cujas muralhas Josué teria destruído ao som de trombetas, segundo a Bíblia.

exército; e mandou-lhe que, descoberto o ladrão, fosse queimado. Fez-se diligência exata, e achou-se que um chamado Acã tinha furtado uma capa de grã[58], uma regra de ouro e algumas moedas de prata, que tudo não valia cem cruzados. Mas quem era este Acã? Era porventura algum homem vil, ou algum soldadinho da fortuna, desconhecido, e nascido das ervas? Não era menos que do sangue real de Judá, e por linha masculina quarto neto seu. Pois uma pessoa de tão alta qualidade, que ninguém era ilustre em todo Israel, senão pelo parentesco que tinha com ele, há de morrer queimado por ladrão? E por um furto que hoje seria venial, há de ficar afrontada para sempre uma casa tão ilustre? Vós direis que era bem se dissimulasse; mas Deus, que o entende melhor que vós, julgou que não. Em matéria de furtar não há exceção de pessoas, e quem se abateu a tais vilezas, perdeu todos os foros. Executou-se com efeito a lei, foi justiçado e queimado Acã, ficou o povo ensinado com o exemplo, e ele foi venturoso no mesmo castigo, porque, como notam graves autores, comutou-lhe Deus aquele fogo temporal pelo que havia de padecer no inferno: felicidade que impedem aos ladrões os que dissimulam com eles.

E quanto à dissimulação, que se diz devem ter os reis com pessoas de grande suposição, de quem talvez depende a conservação do bem público, e são mui necessárias a seu serviço, respondo com distinção: quando o delito é digno de morte, pode-se dissimular o castigo e conceder-se às tais pessoas a vida; mas quando o caso é de furto, não se lhes pode dissimular a ocasião, mas logo devem ser privadas do posto. Ambas estas circunstâncias concorreram no crime de Adão. Pôs-lhe

---

58. Grã: tecido tingido de carmim.

Deus preceito que não comesse da árvore vedada sob pena de que morreria no mesmo dia: *In quocumque die comederis, morte morieris*[59]. Não guardou Adão o preceito, roubou o fruto e ficou sujeito, *ipso facto*, à pena de morte. Mas que fez Deus neste caso? Lançou-o logo do paraíso, e concedeu-lhe a vida por muitos anos. Pois se Deus o lançou do paraíso pelo furto que tinha cometido, porque não executou também nele a pena de morte a que ficou sujeito? Porque da vida de Adão dependia a conservação e propagação do mundo; e quando as pessoas são de tanta importância, e tão necessárias ao bem público, justo é que, ainda que mereça a morte, se lhes permita e conceda a vida. Porém se juntamente são ladrões, de nenhum modo se pode consentir, nem dissimular que continuem no posto e lugar onde o foram, para que não continuem a o ser. Assim o fez Deus, e assim o disse. Pôs um querubim com uma espada de fogo à porta do paraíso, com ordem que de nenhum modo deixasse entrar a Adão. E por quê? Porque assim como tinha furtado da árvore da ciência, não furtasse também da árvore da vida: *Ne forte mittat manum suam, et sumat etiam de ligno vitae*[60]. Quem foi mau uma vez, presume o direito que o será outras, e que o será sempre. Saia pois Adão do lugar onde furtou, e não torne a entrar nele, para que não tenha ocasião de fazer outros furtos, como fez o primeiro. E notai que Adão, depois de ser privado do paraíso, viveu novecentos e trinta anos. Pois a um homem castigado e arrependido, não lhe bastarão cem anos de privação do posto, não lhe bastarão duzentos ou trezentos? Não. Ainda que haja de viver novecentos

---

59. "Em qualquer dia que comeres dele morrerás." (Gn 2:17)

60. "Para que não suceda que ele estenda a sua mão, e tome também da árvore da vida." (Gn 3:22)

anos, e houvesse de viver nove mil, uma vez que roubou, e é conhecido por ladrão, nunca mais deve ser restituído, nem há de entrar no mesmo posto.

XI

Assim o fez Deus com o primeiro homem do mundo, e assim o devem executar com todos os que estão em lugar de Deus. Mas que seria se não só víssemos ladrões conservados nos lugares onde roubam, senão depois de roubarem promovidos a outros maiores? Acabaram-se-me aqui as Escrituras, porque não há nelas exemplo semelhante. De reis que os mandassem conquistar inimigos, sim; mas de reis que os mandassem governar vassalos, não se lê tal coisa. Os Assueros, os Nabucos, os Ciros, que dilatavam por armas os seus Impérios, desta maneira premiavam os capitães, acrescentando em postos os que mais se sinalavam em destruir cidades e acumular despojos, e daqui se faziam os Nabuzardões, os Holofernes[61], e outros flagelos do mundo. Porém os reis que tratam vassalos como seus, e os estados, posto que distantes, como fazenda própria e não alheia, lede o evangelho, e vereis quais são os sujeitos, e quão úteis, a quem encomendam o governo deles.

Um rei, diz Cristo, senhor nosso, fazendo ausência do seu reino à conquista de outro, encomendou a administração da sua fazenda a três criados. O primeiro acrescentou-a dez vezes mais do que era; e o rei depois de o louvar o promoveu ao governo de dez cidades: *Euge bone serve, quia in modico fuisti fidelis, eris*

---

61. Holofernes: general de Nabucodonosor, morto durante o sono por Judite, diante de Betúlia, cidade por ele sitiada.

potestatem habens super decem civitates[62]. O segundo também acrescentou a parte que lhe coube cinco vezes mais; e com a mesma proporção o fez o rei, governador de cinco cidades: *Et tu esto super quinque civitates*[63]. De sorte que os que o rei acrescenta e deve acrescentar nos governos, segundo a doutrina de Cristo, são os que acrescentam a fazenda do mesmo rei, e não a sua. Mas vamos ao terceiro criado. Este tornou a entregar quanto o rei lhe tinha encomendado, sem diminuição alguma, mas também sem melhoramento; e no mesmo ponto sem mais réplica foi privado da administração: *Auferte ab illo mnam*[64]. Oh que ditosos foram os nossos tempos, se as culpas por que este criado foi privado do ofício foram os serviços e merecimentos por que os de agora são acrescentados! Se o que não tomou um real para si, e deixou as coisas no estado em que lhas entregaram, merece privação do cargo, os que as deixam destruídas e perdidas, e tão diminuídas e desbaratadas, que já não têm semelhança do que foram, que merecem? Merecem que os despachem, que os acrescentem, e que lhes encarreguem outras maiores, para que também as consumam, e tudo se acabe.

Eu cuidava que assim como Cristo introduziu na sua parábola dois criados, que acrescentaram a fazenda do rei, e um que a não acrescentou, assim havia de introduzir outro que a roubasse, com que ficava a divisão inteira. Mas não introduziu o divino mestre tal criado; porque falava de um rei prudente e justo; e os que têm estas qualidades (como devem ter, sob pena de não

---

62. "Servo bom; porque foste fiel no pouco, serás governador de dez cidades." (Lc 19:17)

63. "Sê tu também sobre cinco cidades." (Lc 19:19)

64. "Tirai-lhe o marco de prata." (Lc 19:24)

serem reis) nem admitem em seu serviço, nem fiam a sua fazenda a sujeitos que lha possam roubar: a algum que não lha acrescente, poderá ser, mas um só; porém a quem lhe roube, ou a sua, ou a dos seus vassalos (que não deve distinguir da sua), não é justo, nem rei, quem tal consente. E que seria se estes, depois de roubarem uma cidade, fossem promovidos ao governo de cinco; e depois de roubarem cinco, ao governo de dez?

Que mais havia de fazer um príncipe cristão, se fora como aqueles príncipes infiéis, de quem diz Isaías: *Principes tui infideles socci furum*[65]. (Is 1:23) Os príncipes de Jerusalém não são fiéis, senão infiéis, porque são companheiros dos ladrões. Pois saiba o profeta que há príncipes infiéis e cristãos que ainda são mais miseráveis e mais infelizes que estes. Porque um príncipe que entrasse em companhia com os ladrões: *socci furum* havia de ter também a sua parte no que se roubasse; mas estes estão tão fora de ter parte no que se rouba, que eles são os primeiros e os mais roubados. Pois se são os roubados estes príncipes, como são ou podem ser companheiros dos mesmos ladrões: *Príncipes tui socci furum?* Será porventura porque talvez os que acompanham e assistem aos príncipes são ladrões? Se assim fosse, não seria coisa nova. Antigamente os que assistiam ao lado dos príncipes chamavam-se *laterones*. E depois, corrompendo-se este vocábulo, como afirma Marco Varro, chamaram-se *latrones*. E que seria se, assim como se corrompeu o vocábulo, se corrompessem também os que o mesmo vocábulo significa? Mas eu nem digo, nem cuido tal coisa. O que só digo e sei, por ser teologia certa, é que em qualquer parte do

---

[65]. "Teus príncipes são infiéis, companheiros de ladrões."

mundo se pode verificar o que Isaías diz dos príncipes de Jerusalém: *Principes tui socci furum*: os teus Príncipes são companheiros dos ladrões. E por quê? São companheiros dos ladrões porque os dissimulam; são companheiros dos ladrões porque os consentem; são companheiros dos ladrões porque lhes dão os postos e os poderes; são companheiros dos ladrões porque talvez os defendem; e são finalmente seus companheiros porque os acompanham e hão de acompanhar ao inferno, onde os mesmos ladrões os levam consigo.

Ouvi a ameaça e sentença de Deus contra estes tais: *Si videbas furem, currebas cum eo*[66]: o hebreu lê *concurrebas*; e tudo é porque há príncipes que correm com os ladrões e concorrem com eles. Correm com eles porque os admitem à sua familiaridade e graças; e concorrem com eles porque, dando-lhes autoridade e jurisdições, concorrem para o que eles furtam. E a maior circunstância desta gravíssima culpa consiste no *Si videbas*. Se estes ladrões foram ocultos, e o que corre e concorre com eles não os conhecera, alguma desculpa tinha; mas se eles são ladrões públicos e conhecidos, se roubam sem rebuço e a cara descoberta, se todos os veem roubar, e o mesmo que os consente e apoia, o está vendo: *Si videbas furem*, que desculpa pode ter diante de Deus e do mundo? *Existimasti inique quod ero tui similis*[67]. (Sl 49:21) Cuidas tu, ó injusto, diz Deus, que hei de ser semelhante a ti, e que assim como tu dissimulas com esses ladrões, hei eu de dissimular contigo? Enganas-te: *Arguam te, est statuam contra faciem tuam*. Dessas mesmas ladroíces que tu vês e

---

66. "*Se vias um ladrão, corrias com ele,* e fazias sociedade com os adúlteros." (Sl 40:18)

67. "Julgaste que eu sou semelhante a ti?"

consentes, hei de fazer um espelho em que te vejas; e quando vires que és tão réu de todos esses furtos como os mesmos ladrões, porque os não impedes; e mais que os mesmos ladrões, porque tens obrigação jurada de os impedir, então conhecerás que tanto e mais justamente que a eles te condeno ao inferno. Assim o declara com última e temerosa sentença a paráfrase caldaica do mesmo texto: *Arguam te in hoc saeculo, est ordinabo Judicium Gehennae in futuro coram te*. Neste mundo arguirei a tua consciência, como agora a estou arguindo; e no outro mundo condenarei a tua alma ao inferno, como se verá no dia do Juízo.

XII

Grande lástima será naquele dia, senhores, ver como os ladrões levam consigo muitos reis ao inferno: e para que esta sorte se troque em uns e outros, vejamos agora como os mesmos reis, se quiserem, podem levar consigo os ladrões ao paraíso. Parecerá a alguém, pelo que fica dito, que será coisa muito dificultosa, e que se não pode conseguir sem grandes despesas; mas eu vos afirmo e mostrarei brevemente que é coisa muito fácil, e que sem nenhuma despesa de sua fazenda, antes com muitos aumentos dela, o podem fazer os reis. E de que modo? Com uma palavra; mas palavra de rei: mandando que os mesmos ladrões, os quais não costumam restituir, restituam efetivamente tudo o que roubaram. Executando-o assim, salvar-se-ão os ladrões, e salvar-se-ão os reis. Os ladrões salvar-se-ão, porque restituirão o que têm roubado; e os reis salvar-se-ão também, porque, restituindo os ladrões, não terão eles obrigação de restituir. Pode haver ação mais justa, mais útil e mais necessária a todos? Só quem não tiver fé, nem consciência, nem juízo, o pode negar.

E porque os mesmos ladrões se não sintam de haverem de perder por este modo o fruto das suas indústrias, considerem que ainda que sejam tão maus como o Mau Ladrão, não só deviam abraçar e desejar esta execução, mas pedi-la aos mesmos reis. O Bom Ladrão pediu a Cristo, como a rei, que se lembrasse dele no seu reino; e o Mau Ladrão, que lhe pediu? *Si tu es Christus, salvum fac temetipsum, et nos*[68]. Se sois o Rei prometido, como crê meu companheiro, salvai-vos a vós e a nós. Isto pediu o Mau Ladrão a Cristo, e o mesmo devem pedir todos os ladrões a seu rei, posto que sejam tão maus como o Mau Ladrão. Nem Vossa Majestade, senhor, se pode salvar, nem nós nos podemos salvar sem restituir: nós não temos ânimo nem valor para fazer a restituição, como nenhum a faz, nem na vida nem na morte: mande-a, pois, fazer executivamente Vossa Majestade, e por este modo, posto que para nós seja violento, salvar-se-á Vossa Majestade a si e mais a nós: *Salvum fac temetipsum, et nos*. Creio que nenhuma consciência haverá cristã que não aprove este meio. E para que não fique em generalidade, que é o mesmo que no ar, desçamos à prática dele, e vejamos como se há de fazer. Queira Deus que se faça!

O que costumam furtar nestes ofícios e governos os ladrões, de que falamos, ou é a fazenda real, ou a dos particulares: e uma e outra têm obrigação de restituir depois de roubada, não só os ladrões que a roubaram, senão também os reis: ou seja porque dissimularam e

---

68. "Se tu és o Cristo, salva-te a ti mesmo e a nós." (Lc 23:39)

consentiram os furtos, quando se faziam, ou somente (que isso basta) por serem sabedores deles depois de feitos. E aqui se deve advertir uma notável diferença (em que se não repara) entre a fazenda dos reis e a dos particulares. Os particulares, se lhes roubam a sua fazenda, não só não são obrigados à restituição, antes terão nisso grande merecimento se o levarem com paciência, e podem perdoar o furto a quem os roubou. Os reis são de muito pior condição nesta parte, porque depois de roubados têm eles obrigação de restituir a própria fazenda roubada, nem a podem diminuir, ou perdoar aos que a roubaram. A razão da diferença é porque a fazenda do particular é sua, a do rei não é sua, senão da república. E assim como o depositário, ou tutor, não pode alienar a fazenda que lhe está encomendada, e teria obrigação de a restituir, assim tem a mesma obrigação o rei que é tutor, e como depositário dos bens e erário da república, a qual seria obrigado a gravar com novos tributos, se deixasse alienar, ou perder as suas rendas ordinárias.

O modo, pois, com que as restituições da fazenda real se podem fazer facilmente, ensinou aos reis um monge, o qual, assim como soube furtar, soube também restituir. Refere o caso Mayolo, Grantzio e outros. Chamava-se o monge frei Teodorico; e porque era homem de grande inteligência e indústria, cometeu-lhe o Imperador Carlos IV[69] algumas negociações de importância, em que ele se aproveitou, de maneira que competia em riquezas com os grandes senhores. Advertido o imperador, mandou-o chamar à sua presença, e disse-lhe que se aparelhasse para dar contas. Que faria o pobre – ou rico – monge? Respondeu, sem se assustar,

---

69. Carlos IV: provavelmente é o imperador germânico cujo reinado foi de 1346 a 1378.

que já estava aparelhado, que naquele mesmo ponto as daria, e disse assim: Eu, César[70], entrei no serviço de Vossa Majestade com este hábito, e dez ou doze tostões na bolsa, da esmola das minhas missas; deixe-me Vossa Majestade o meu hábito e os meus tostões; e tudo o mais que possuo mande-o Vossa Majestade receber, que é seu, e tenho dado contas. Com tanta facilidade como isto fez a sua restituição o monge; e ele ficou guardando os seus votos, e o imperador a sua fazenda. Reis e príncipes mal-servidos, se quereis salvar a alma, e recuperar a fazenda, introduzi sem exceção de pessoa as restituições de frei Teodorico. Saiba-se com que entrou cada um, o demais torne para donde saiu, e salvem-se todos.

XIII

A restituição que igualmente se deve fazer aos particulares parece que não pode ser pronta, nem tão exata, porque se tomou a fazenda a muitos, e a províncias inteiras. Mas como estes pescadores do alto usaram de redes varredouras, use-se também com eles das mesmas. Se trazem muito, como ordinariamente trazem, já se sabe que foi adquirido contra as leis de Deus, ou contra as leis, e regimentos reais, e por qualquer dessas cabeças, ou por ambas, injustamente. Assim se tiram da Índia quinhentos mil cruzados, de Angola duzentos, do Brasil trezentos, e até do pobre Maranhão, mais do que vale todo ele. E que se há de fazer desta fazenda? Aplicá-la o rei à sua alma e às dos que a roubaram, para que umas e outras se salvem. Dos governadores que mandava às

---

70. Título concedido a príncipes, reis etc., desde a antiguidade, por analogia com os césares romanos.

diversas províncias o Imperador Maximino[71], se dizia, com galante e bem-apropriada semelhança, que eram esponjas. A traça ou astúcia, com que usava destes instrumentos, era toda encaminhada a fartar a sede da sua cobiça. Porque eles, como esponjas, chupavam das províncias que governavam tudo quanto podiam; e o Imperador, quando tornavam, espremia as esponjas, e tomava para o fisco real quanto tinham roubado, com que ele ficava rico e eles castigados. Uma coisa fazia mal este Imperador, outra bem, e faltava-lhe a melhor. Em mandar os governadores às províncias, homens que fossem esponjas, fazia mal: em lhe espremer as esponjas quando tornavam, e lhe confiscar o que traziam, fazia bem e justamente; mas faltava-lhe a melhor como injusto e tirano que era, porque tudo o que espremia das esponjas, não o havia de tomar para si, senão restituí-lo às mesmas províncias donde se tinha roubado. Isto é o que são obrigados a fazer em consciência os reis que se desejam salvar, e não cuidar que satisfazem ao zelo e obrigação da justiça com mandar prender em um castelo o que roubou a cidade, a província, o estado. Que importa que, por alguns dias ou meses, se lhes dê esta sombra de castigo, se passados eles se vai lograr[72] do que trouxe roubado, e os que padeceram os danos não são restituídos?

Há nesta, que parece justiça, um engano gravíssimo, com que nem o castigado, nem o que castiga, se livram da condenação eterna: e para que se entenda, ou queira entender este engano, é necessário que se declare.

---

71. Imperador Maximino: há dois imperadores romanos com este nome. Maximino I (173-238) e Maximino II (morto em 313).

72. Lograr: gozar, desfrutar.

Quem tomou o alheio fica sujeito a duas satisfações: à pena da lei e à restituição do que tomou. Na pena pode dispensar o rei como legislador; na restituição não pode, porque é indispensável. E obra-se tanto pelo contrário, ainda quando se faz, ou se cuida que se faz justiça, que só se executa a pena, ou alguma parte da pena, e a restituição não lembra, nem se faz dela caso. Acabemos com São Tomás. Põe o Santo Doutor em questão: *Aurum suficiat restituere simplum, quod injuste ablatum est?* Se para satisfazer à restituição basta restituir outro tanto quanto foi o que se tomou? E depois de resolver que basta, porque a restituição é ato de justiça, e a justiça consiste em igualdade, argumenta contra a mesma resolução com a lei do capítulo XXII do Êxodo, em que Deus mandava que quem furtasse um boi restituísse cinco: logo, ou não basta restituir tanto por tanto, senão muito mais do que se furtou; ou se basta, como está resoluto, de que modo se há de entender esta lei? Há-se de entender, diz o Santo, distinguindo na mesma lei duas partes; uma enquanto lei natural, pelo que pertence à restituição, e outra enquanto lei positiva, pelo que pertence à pena. A lei natural para guardar a igualdade do dano só manda que se restitua tanto por tanto: a lei positiva, para castigar o crime do furto, acrescentou em pena mais quatro tantos, e por isso manda pagar cinco por um. Há-se porém de advertir, acrescenta o Santo Doutor, que entre a restituição e a pena há uma grande diferença; porque à satisfação da pena não está obrigado o criminoso, antes da sentença; porém à restituição do que roubou, ainda que o não sentenciem, nem obriguem, sempre está obrigado. Daqui se vê claramente o manifesto engano ainda dessa pouca justiça, que poucas vezes se usa. Prende-se o que roubou e mete-se em livramento. Mas que se segue daí? O preso tanto que se livrou da pena do crime fica muito contente: o rei cuida que satisfaz à obrigação da justiça, e ainda se não tem feito nada, porque ambos ficam obrigados à restituição dos mesmos roubos, sob pena de se não poderem salvar; o réu porque não restitui, e o rei porque o não faz restituir. Tire pois o rei executivamente a fazenda a todos os que a roubaram, e faça as restituições por si mesmo, pois eles a não fazem, nem hão de fazer, e deste modo (que não há, nem pode haver outro) em vez de os ladrões levarem os reis ao inferno, como fazem, os reis levarão os ladrões ao paraíso, como fez Cristo: *Hodie mecum eris in Paradiso*.

XIV

Tenho acabado, senhores, o meu discurso, e parece-me que demonstrado o que prometi, de que não estou arrependido. Se a alguém pareceu que me atrevi a dizer o que fora mais reverência calar, respondo com Santo Hilário: *Quae loqui non audemus, silere non possumus.* O que se não pode calar com a boa consciência, ainda que seja com repugnância, é força que se diga. Ouvinte coroado era aquele a quem o Batista disse: *Non licet tibi*[73]: e coroado também, posto que não ouvinte, aquele a quem Cristo mandou dizer: *Dicite vulpi illi*[74]. Assim o fez animosamente Jeremias, porque era mandado

---

73. "*Não te é lícito* ter a mulher de teu irmão." (Mc 6:18)
74. "Dizei a essa raposa." (Lc 13:32)

por pregador: *Regibus Juda et, Principibus ejus*⁷⁵. E se Isaías o tivera feito assim, não se arrependera depois, quando disse: *Vae mihi quia tacui*⁷⁶. Os médicos dos reis com tanta e maior liberdade lhes devem receitar a eles o que importa à sua saúde e vida, como aos que curam nos hospitais. Nos particulares cura-se um homem, nos reis toda a república.

Resumindo pois o que tenho dito, nem os reis, nem os ladrões, nem os roubados se podem molestar da doutrina que preguei, porque a todos está bem. Está bem aos roubados, porque ficaram restituídos do que tinham perdido; está bem aos reis, porque sem perda, antes com aumento da sua fazenda, desencarregarão suas almas. E finalmente os mesmos ladrões, que parecem os mais prejudicados, são os que mais interessam. Ou roubaram com tenção de restituir ou não: se com tenção de restituir, isso é o que eu lhes digo, e que o façam a tempo. Se o fizeram sem essa tenção, fizeram logo conta de ir ao inferno, e não podem estar tão cegos que não tenham por melhor ir ao paraíso. Só lhes pode fazer medo haverem de ser despojados do que despojaram aos outros; mas assim como estes tiveram paciência por força, tenham-na eles com merecimento. Se os esmoleres compram o céu com o próprio, porque se não contentarão os ladrões de o comprar com o alheio? A fazenda alheia e a própria toda se alija ao mar sem dor, no tempo da tempestade. E quem há que, salvando-se do naufrágio a nado e despido, não mande pintar a sua boa fortuna, e a dedique aos altares com ação de graças? Toda a sua fazenda dará o homem de

---

75. "A respeito dos reis de Judá, dos seus príncipes." (Jr 1:18)

76. "Ai de mim, que vou perecendo." (Is 6:5)

boa vontade por salvar a vida, diz o Espírito Santo; e quanto de melhor vontade deve dar a fazenda, que não é sua, por salvar, não a vida temporal, senão a eterna? O que está sentenciado à morte e à fogueira, não se teria por muito venturoso, se lhe aceitassem por partido a confiscação só dos bens? Considere-se cada um na hora da morte, e com o fogo do inferno à vista, e verá se é bom partido o que lhe persuado. Se as vossas mãos e os vossos pés são causa de vossa condenação, cortai-os; e se os vossos olhos, arrancai-os, diz Cristo, porque melhor vos está ir ao paraíso manco, aleijado e cego, que com todos os membros inteiros ao inferno. É isto verdade, ou não? Acabemos de ter fé, acabemos de crer que há inferno, acabemos de entender que sem restituir ninguém se pode salvar. Vede, vede ainda humanamente o que perdeis, e por quê? Nesta restituição, ou forçosa, ou forçada, que não quereis fazer, que é o que dais, e o que deixais? O que dais, é o que não tínheis; o que deixais, o que não podeis levar convosco, e por isso vos perdeis. Nu entrei neste mundo, e nu hei de sair dele, dizia Jó; e assim saíram o Bom e o Mau Ladrão. Pois se assim há de ser, queirais ou não queirais, despido por despido, não é melhor ir com o Bom Ladrão ao paraíso, que com o Mau ao inferno?

Rei dos Reis, e Senhor dos Senhores, que morrestes entre ladrões para pagar o furto do primeiro ladrão, e o primeiro a quem prometestes o paraíso foi outro ladrão; para que os ladrões e os reis se salvem, ensinai com vosso exemplo, e inspirai com vossa graça a todos os reis que não elegendo, nem dissimulando, nem consentindo, nem aumentando ladrões, de tal maneira impidam[77] os furtos futuros, e façam restituir os passados, que em lugar de os ladrões os levarem consigo, como levam, ao inferno, levem eles consigo os ladrões ao paraíso, como vós fizestes hoje: Hodie mecum eris in Paradiso.

---

77. Impidam: forma arcaica de impeçam.

Coleção L&PM POCKET (Lançamentos mais recentes)

1159. **A dinastia Rothschild** – Herbert R. Lottman
1160. **A Mansão Hollow** – Agatha Christie
1161. **Nas montanhas da loucura** – H.P. Lovecraft
1162(28). **Napoleão Bonaparte** – Pascale Fautrier
1163. **Um corpo na biblioteca** – Agatha Christie
1164. **Inovação** – Mark Dodgson e David Gann
1165. **O que toda mulher deve saber sobre os homens: a afetividade masculina** – Walter Riso
1166. **O amor está no ar** – Mauricio de Sousa
1167. **Testemunha de acusação & outras histórias** – Agatha Christie
1168. **Etiqueta de bolso** – Celia Ribeiro
1169. **Poesia reunida (volume 3)** – Affonso Romano de Sant'Anna
1170. **Emma** – Jane Austen
1171. **Que seja em segredo** – Ana Miranda
1172. **Garfield sem apetite** – Jim Davis
1173. **Garfield: Foi mal...** – Jim Davis
1174. **Os irmãos Karamázov (Mangá)** – Dostoiévski
1175. **O Pequeno Príncipe** – Antoine de Saint-Exupéry
1176. **Peanuts: Ninguém mais tem o espírito aventureiro** – Charles M. Schulz
1177. **Assim falou Zaratustra** – Nietzsche
1178. **Morte no Nilo** – Agatha Christie
1179. **Ê, soneca boa** – Mauricio de Sousa
1180. **Garfield a todo o vapor** – Jim Davis
1181. **Em busca do tempo perdido (Mangá)** – Proust
1182. **Cai o pano: o último caso de Poirot** – Agatha Christie
1183. **Livro para colorir e relaxar** – Livro 1
1184. **Para colorir sem parar**
1185. **Os elefantes não esquecem** – Agatha Christie
1186. **Teoria da relatividade** – Albert Einstein
1187. **Compêndio da psicanálise** – Freud
1188. **Visões de Gerard** – Jack Kerouac
1189. **Fim de verão** – Mohiro Kitoh
1190. **Procurando diversão** – Mauricio de Sousa
1191. **E não sobrou nenhum e outras peças** – Agatha Christie
1192. **Ansiedade** – Daniel Freeman & Jason Freeman
1193. **Garfield: pausa para o almoço** – Jim Davis
1194. **Contos do dia e da noite** – Guy de Maupassant
1195. **O melhor de Hagar 7** – Dik Browne
1196(29). **Lou Andreas-Salomé** – Dorian Astor
1197(30). **Pasolini** – René de Ceccatty
1198. **O caso do Hotel Bertram** – Agatha Christie
1199. **Crônicas de motel** – Sam Shepard
1200. **Pequena filosofia da paz interior** – Catherine Rambert
1201. **Os sertões** – Euclides da Cunha
1202. **Treze à mesa** – Agatha Christie
1203. **Bíblia** – John Riches
1204. **Anjos** – David Albert Jones
1205. **As tirinhas do Guri de Uruguaiana 1** – Jair Kobe
1206. **Entre aspas (vol.1)** – Fernando Eichenberg
1207. **Escrita** – Andrew Robinson
1208. **O spleen de Paris: pequenos poemas em prosa** – Charles Baudelaire
1209. **Satíricon** – Petrônio
1210. **O avarento** – Molière
1211. **Queimando na água, afogando-se na chama** – Bukowski
1212. **Miscelânea septuagenária: contos e poemas** – Bukowski
1213. **Que filosofar é aprender a morrer e outros ensaios** – Montaigne
1214. **Da amizade e outros ensaios** – Montaigne
1215. **O medo à espreita e outras histórias** – H.P. Lovecraft
1216. **A obra de arte na era de sua reprodutibilidade técnica** – Walter Benjamin
1217. **Sobre a liberdade** – John Stuart Mill
1218. **O segredo de Chimneys** – Agatha Christie
1219. **Morte na rua Hickory** – Agatha Christie
1220. **Ulisses (Mangá)** – James Joyce
1221. **Ateísmo** – Julian Baggini
1222. **Os melhores contos de Katherine Mansfield** – Katherine Mansfied
1223(31). **Martin Luther King** – Alain Foix
1224. **Millôr Definitivo: uma antologia de *A Bíblia do Caos*** – Millôr Fernandes
1225. **O Clube das Terças-Feiras e outras histórias** – Agatha Christie
1226. **Por que sou tão sábio** – Nietzsche
1227. **Sobre a mentira** – Platão
1228. **Sobre a leitura *seguido do* Depoimento de Céleste Albaret** – Proust
1229. **O homem do terno marrom** – Agatha Christie
1230(32). **Jimi Hendrix** – Franck Médioni
1231. **Amor e amizade e outras histórias** – Jane Austen
1232. **Lady Susan, Os Watson e Sanditon** – Jane Austen
1233. **Uma breve história da ciência** – William Bynum
1234. **Macunaíma: o herói sem nenhum caráter** – Mário de Andrade
1235. **A máquina do tempo** – H.G. Wells
1236. **O homem invisível** – H.G. Wells
1237. **Os 36 estratagemas: manual secreto da arte da guerra** – Anônimo
1238. **A mina de ouro e outras histórias** – Agatha Christie
1239. **Pic** – Jack Kerouac
1240. **O habitante da escuridão e outros contos** – H.P. Lovecraft
1241. **O chamado de Cthulhu e outros contos** – H.P. Lovecraft
1242. **O melhor de Meu reino por um cavalo!** – Edição de Ivan Pinheiro Machado
1243. **A guerra dos mundos** – H.G. Wells
1244. **O caso da criada perfeita e outras histórias** – Agatha Christie

1245. **Morte por afogamento e outras histórias** – Agatha Christie
1246. **Assassinato no Comitê Central** – Manuel Vázquez Montalbán
1247. **O papai é pop** – Marcos Piangers
1248. **O papai é pop 2** – Marcos Piangers
1249. **A mamãe é rock** – Ana Cardoso
1250. **Paris boêmia** – Dan Franck
1251. **Paris libertária** – Dan Franck
1252. **Paris ocupada** – Dan Franck
1253. **Uma anedota infame** – Dostoiévski
1254. **O último dia de um condenado** – Victor Hugo
1255. **Nem só de caviar vive o homem** – J.M. Simmel
1256. **Amanhã é outro dia** – J.M. Simmel
1257. **Mulherzinhas** – Louisa May Alcott
1258. **Reforma Protestante** – Peter Marshall
1259. **História econômica global** – Robert C. Allen
1260.(33). **Che Guevara** – Alain Foix
1261. **Câncer** – Nicholas James
1262. **Akhenaton** – Agatha Christie
1263. **Aforismos para a sabedoria de vida** – Arthur Schopenhauer
1264. **Uma história do mundo** – David Coimbra
1265. **Ame e não sofra** – Walter Riso
1266. **Desapegue-se!** – Walter Riso
1267. **Os Sousa: Uma família do barulho** – Mauricio de Sousa
1268. **Nico Demo: O rei da travessura** – Mauricio de Sousa
1269. **Testemunha de acusação e outras peças** – Agatha Christie
1270.(34). **Dostoiévski** – Virgil Tanase
1271. **O melhor de Hagar 8** – Dik Browne
1272. **O melhor de Hagar 9** – Dik Browne
1273. **O melhor de Hagar 10** – Dik e Chris Browne
1274. **Considerações sobre o governo representativo** – John Stuart Mill
1275. **O homem Moisés e a religião monoteísta** – Freud
1276. **Inibição, sintoma e medo** – Freud
1277. **Além do princípio de prazer** – Freud
1278. **O direito de dizer não!** – Walter Riso
1279. **A arte de ser flexível** – Walter Riso
1280. **Casados e descasados** – August Strindberg
1281. **Da Terra à Lua** – Júlio Verne
1282. **Minhas galerias e meus pintores** – Kahnweiler
1283. **A arte do romance** – Virginia Woolf
1284. **Teatro completo v. 1: As aves da noite** *seguido de* **O visitante** – Hilda Hilst
1285. **Teatro completo v. 2: O verdugo** *seguido de* **A morte do patriarca** – Hilda Hilst
1286. **Teatro completo v. 3: O rato no muro** *seguido de* **Auto da barca do Camiri** – Hilda Hilst
1287. **Teatro completo v. 4: A empresa** *seguido de* **O novo sistema** – Hilda Hilst
1289. **Fora de mim** – Martha Medeiros
1290. **Divã** – Martha Medeiros
1291. **Sobre a genealogia da moral: um escrito polêmico** – Nietzsche
1292. **A consciência de Zeno** – Italo Svevo
1293. **Células-tronco** – Jonathan Slack
1294. **O fim do ciúme e outros contos** – Proust
1295. **A jangada** – Júlio Verne
1296. **A ilha do dr. Moreau** – H.G. Wells
1297. **Ninho de fidalgos** – Ivan Turguêniev
1298. **Jane Eyre** – Charlotte Brontë
1299. **Sobre gatos** – Bukowski
1300. **Sobre o amor** – Bukowski
1301. **Escrever para não enlouquecer** – Bukowski
1302. **222 receitas** – J. A. Pinheiro Machado
1303. **Reinações de Narizinho** – Monteiro Lobato
1304. **O Saci** – Monteiro Lobato
1305. **Memórias da Emília** – Monteiro Lobato
1306. **O Picapau Amarelo** – Monteiro Lobato
1307. **A reforma da Natureza** – Monteiro Lobato
1308. **Fábulas** *seguido de* **Histórias diversas** – Monteiro Lobato
1309. **Aventuras de Hans Staden** – Monteiro Lobato
1310. **Peter Pan** – Monteiro Lobato
1311. **Dom Quixote das crianças** – Monteiro Lobato
1312. **O Minotauro** – Monteiro Lobato
1313. **Um quarto só seu** – Virginia Woolf
1314. **Sonetos** – Shakespeare
1315.(35). **Thoreau** – Marie Berthoumieu e Laura El Makki
1316. **Teoria da arte** – Cynthia Freeland
1317. **A arte da prudência** – Baltasar Gracián
1318. **O louco** *seguido de* **Areia e espuma** – Khalil Gibran
1319. **O profeta** *seguido de* **O jardim do profeta** – Khalil Gibran
1320. **Jesus, o Filho do Homem** – Khalil Gibran
1321. **A luta** – Norman Mailer
1322. **Sobre o sofrimento do mundo e outros ensaios** – Schopenhauer
1323. **Epidemiologia** – Rodolfo Saracci
1324. **Japão moderno** – Christopher Goto-Jones
1325. **A arte da meditação** – Matthieu Ricard
1326. **O adversário secreto** – Agatha Christie
1327. **Pollyanna** – Eleanor H. Porter
1328. **Espelhos** – Eduardo Galeano
1329. **A Vênus das peles** – Sacher-Masoch
1330. **O 18 de brumário de Luís Bonaparte** – Karl Marx
1331. **Um jogo para os vivos** – Patricia Highsmith
1332. **A tristeza pode esperar** – J.J. Camargo
1333. **Vinte poemas de amor e uma canção desesperada** – Pablo Neruda
1334. **Judaísmo** – Norman Solomon
1335. **Esquizofrenia** – Christopher Frith & Eve Johnstone
1336. **Seis personagens em busca de um autor** – Luigi Pirandello
1337. **A Fazenda dos Animais** – George Orwell
1338. **1984** – George Orwell
1339. **Ubu Rei** – Alfred Jarry
1340. **Sobre bêbados e bebidas** – Bukowski
1341. **Tempestade para os vivos e para os mortos** – Bukowski
1342. **Complicado** – Natsume Ono

lepmeditores
www.lpm.com.br
o site que conta tudo

IMPRESSÃO:

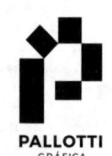

PALLOTTI
GRÁFICA

Santa Maria - RS | Fone: (55) 3220.4500
www.graficapallotti.com.br